失われたもの

斎藤貴男

みすず書房

失われたもの　目次

自分にとって一番たいせつなもの

海岸でめずらしい貝がらをひろった。ヒガイという。ピンク色で薄質。ぷっくり丸くて、殻口《かくこう》が両端に細長く伸びているのが特徴だ。

織機用具の杼《ひ》に似ているというので付けられた名前らしい。タカラガイに近いウミウサギ科に属している。

四十余年も昔の夏の、せつない思い出だ。私は小学三年生だった。

ひろったヒガイには無数のフジツボがこびり付いていた。損傷もはなはだしく、陸地にうちあげられてくるまでの風雪を物語っていた。

「もうちょっときれいだったらいいのにな」

つぶやいていると、五年生のA君が寄ってきた。

「いいのひろったじゃんか。これと取りかえてくれよ」

ホシダカラが差し出された。子どもの手に入る貝がら類のなかではもっとも大きく美しい。昆虫で言えばカブトムシのような存在の、それも傷ひとつない極上品だった。

すこしだけ迷ったが、私はその場で「いいよ」と言って交換に応じた。貝がらの王様の魅力もさることながら、A君は学園内でもリーダー格の上級生だったから、仲良くしておいたほうが後々の都合がよいにちがいないという計算が、とっさに働いた。

すぐに後悔した。このホシダカラはきれいすぎる。デパートで買ったものかもしれない。でも、あのヒガイは僕が自分だけで見つけたものだ。ホシダカラのほうがえらいんだとみんなが言っているのは知ってるけれど、安易に交換なんかしてはいけなかったのでは?

どんどん自分が嫌になっていった。そうだ、最初にそう感じたからこそ、僕は迷ったんだ。なのに、僕は……。

「どうしたの?」

寮の片隅でしょんぼりしている私に、声をかけてくれたのは寮母のN先生だった。一部始終を話したら、先生はやさしく、でも、すごく厳しいことを言われた。

「バカだねえ、あんたは。何が自分にとって一番たいせつなのか、よくわかっていないから、そういうことになるんだよ」

そのとおりだと思った。何もかも言い当てられて、こらえていた涙があふれてきた。

でも、だからってN先生はA君に、「斎藤君にヒガイを返してあげなさい」と叱ってくれはしなかった。私も、そうしてほしいとは言わなかった。それで、よかったのだ。

一九六七年のことである。私は千葉県の内房海岸にある「東京都豊島区立竹岡養護学園」に寄宿していた。

後に健康学園と改称されることになる、全寮制の小学校だ。ぜんそくや偏食、虚弱などに悩む小学生の健康回復・増進を目的に、当時は東京二十三区のうち十七区が、自然環境のよい首都圏の海岸や高原に開設していた。家庭の事情であずけられる子も少なくない。

私の場合、虚弱というほどでもないが体が丈夫でなく、週に一度は風邪をひいて学校を休むからだと、亡くなった両親に聞かされていた。「五十歳を過ぎてもこんなにワガママなあなただから、そのころはメチャクチャで、よっぽど育てにくかったんじゃないの」などと家人はからかってくれるが、本当のところはよくわからない。

ともあれ私は親元を離されて、竹岡での共同生活に放り込まれたのだ。毎朝・毎夕の海岸散歩や、夏なら海水浴の際に、タカラガイをひろい集める毎日は楽しかった。ゆり、きく、うめと三つあった寮のうち、私が割りふられたうめ寮の寮母さんがN先生だった。

子どもの目にはおばあさんに映る年配の女性で、ゆりやきくの寮母さんより言葉がきつい。日課の日記をいつも「別になし」で済ませようとした私は叱られてばかりで、だからあまり好きな先生ではなかったのだが、ヒガイの一件で、なんだか大好きになった。

ホシダカラはいつの間にか失くしてしまった。竹岡健康学園には皇太子（現在の明仁天皇）の誕生を記念して設立された歴史があって、政治がうかつには手を出せない聖域だったのだが、二〇一三年度いっぱいで閉園に追い込まれている。これでもずいぶん長く保《も》ったほうだ。主に美濃部亮吉都政の児童福祉の一環として設置されていたほかの健康学園は、石原慎太郎都知事が就任して間もない頃から、ことごとくつぶされていた。

くだらない人たちだ。そのこととは無関係に、しかし、竹岡とN先生の記憶は私のなかに生きつづける。

――自分自身の価値観をしっかりもつこと。周囲に流されたり、強い者におもねるような行動など、ゆめゆめ取ってはならない。

思えばN先生の一言を、自分なりに咀嚼《そしゃく》しながら、私はその後の人生を送ってきたのではなかったか。細部の記憶を無意識のうちにおもしろおかしく脚色してしまっている可能性がありうるし、仮にも人一人の全人格が、これだけのエピソードで形成されるはずもないけれど。

東京都豊島区立竹岡養護学園

ある日突然、知らない場所に一人で放り出された、ように思った。私にはそれ以前の記憶がほとんどない。

一九六七（昭和四十二）年四月。小学三年生になったばかりの私は、千葉県の内房海岸――国鉄内房線上総湊駅から金谷港行きのバスで十夜寺停留所下車――にある「東京都豊島区立竹岡養護学園」（富津市）にいた。その豊島区の繁華街・池袋で生まれ育った私には、とてつもない田舎に見えた。

行政的には区立仰高《ぎょうこう》小学校の分校という形が採られていたのだが、この際どうでもいい。要はぜんそくや肥満、偏食、虚弱に悩む児童の健康回復・増進を目的に設立された全寮制の小学校で、当時は東京二十三区のうち十七前後の区が、房総や伊豆の海岸や高原に開設していた施設のひとつだ。虚弱というほどではないけれど、他の子よりは確かに学校を休みがちだった私もまた、両親や担任の先生に、しばらくはこちらで過ごしたほうがよいと判断されたのである。

竹岡への転入は、当然、あらかじめ聞かされていたし、一度は下見に連れてこられたこともあるはずだったが、頭の中は真っ白になっていた。いざ実際に親元から引き離されたショックは、それほど大きかった。

集団生活が始まった。分校のこととて全学年が揃うとは限らない。この年は三年生から五年生までの三学年、合計四十五人が、畳敷きの「ゆり」「きく」「うめ」の三寮に分かれて暮らした。私はうめ寮。人数が多い年には「ばら寮」も開かれていたらしい。

規律正しい毎日だった。退園時にまとめられたガリ版刷りの文集『たけのこ』によれば——。

起床は午前六時三十分。検温をして健康簿に記入する。乾布摩擦が日課だ。洗面は自分のふとんをたたみ、寮の清掃を済ませてから。

朝礼のあと、みんなで海岸散歩に出かける。五分ほどを歩き磯に出て、体操をしたり、貝がらを拾ったり。岩場にはフジツボやカラマツガイがびっしりと貼り付き、朽ちた漁船をフナムシがはいずり回っていた。

授業は午前中だけだった。土曜日が休みでなかったあの頃も、普通の小学校では三年生ともなれば、午後も教室にいさせられる曜日があった気がする。勉強よりも体力づくりが優先されていたためだろう。午後はとにかく園庭でひたすら遊んだ。

夕食は五時半と早い。『たけのこ』には「テレビ鑑賞」の時間もあったと書かれているし、各寮に小さな受像機が置かれていたのも確かだが、見せてもらった覚えがほとんどない。うめ寮の寮母さんはやたらと厳しい人だったから、そのせいだと思う。初代テレビっ子世代の私がよく耐えられたものだと思いもするが、よくよく思い出してみると、『ウルトラマン』の本放送は竹岡に来る直前に終わったばかりだし、『エイトマン』や『スーパージェッター』、『遊星少年パピイ』も、もっと古いので、特に見たい番組もなかったのだった。

夜八時の就寝。寮のスピーカーからは連日、名作童話『母をたずねて三千里』（エドモンド・デ・アミーチス『クオレ』より）の放送劇が流れた。アニメで有名になるずっと前のこと。私はそれまで、こんな物語があることも知らなかったし、劇中のマルコと違って、恋しい母を探そうにも探しに出られない立場だ。

なのに、どうして僕はこんな話を聴かされないといけないんだろう。枕を濡らさずに眠れるようになるまで、かなりの時間がかかった。半世紀近くが経った今でも、あの放送劇の意味だけはよくわからない。ちょっぴり恨んでもいる。

月に一度は遠足があった。富津海岸での潮干狩りをはじめ、勝山海岸の桃太郎園、南房総の鯛の浦、仁衛門島……。夏場に通った海水浴場のすぐ右手には、東京大空襲で被災した深川の材木商が戦没者の慰霊と世界平和を願って建てたという東京湾観音が、ありがたい姿を見せてくれていた。

極め付きは一週間の「東京旅行」だ。と言っても何のことはない。退園をひと月後に控えた時期に親許に帰り、家族や地元の友だちと再会する。いわば慣らし運転みたいなものだった。

私の竹岡生活は、ざっと四か月間ほどでしかなかった。入退園は前期・後期が単位で、だから私ものちのち、半年ぐらいはがんばったと思い込んでいたのだが、少し違った。『たけのこ』によると、この年の前期は夏休み中の八月に終了している。さまざまな事情でそのまま残る子も少なくなかったが、私は短期間で見違えるほど丈夫になれたので、二学期からは元の、池袋の区立小学校に戻った。

振り返れば竹岡は楽園だった。私は竹岡のおかげで生きてこられたのだとさえ思っている。一九七〇年代以降は肥満の子が増えたためもあってか、マラソンやら一輪車やらが必須になったようだが、私たちの時代にそんなものはなかった。ただ、ただ、好き勝手に遊んだ。

私はいつも野球のグループに加わっていた。硬質ビニールのバットでゴムボールを打つ〝野球〟だ。たまたま三塁を守っていた時、低いゴロが飛んできたのでダッシュしてシングルキャッチし、憧れの長嶋選手をマネた流れるようなランニングスローを試みたら、なぜか大成功。打者走者をきれいに仕留めることができ、野球の魅力に取りつかれて現在に至る、これが原体験になった。

上級生の機嫌がよい時には、何度かピッチャーもやらせてもらった。あまり運動神経のよいほうではなかったのに、どういうわけかピッチャーとしてだけは人並み以上に速いタマを投げられることがわかり（どうせゴムボールだけど）、なんとなく、生きていくことのすべてに自信が湧いた、気がした。

「楽園」の形容がふさわしかったと考えるのには、しかし、もっと大きな理由がある。竹岡の園内では、貝がらが子どもたちの〝通貨〟になっていたのだ。毎朝の海岸散歩や、遠足の先々で拾い集めた貝がらが。

竹岡のすぐ北には、いわゆる京葉工業地帯が広がっていた。高度経済成長の波に乗って新設された八幡製鉄（現、新日鐵住金）君津製鉄所が操業を開始して間もない時期でもあった。目の前の浦賀水道は、言ってみれば東京湾と外洋の境目のような海だったから、すでにあの時代、学園の目的に照らして、それほど自然環境に恵まれていたとは言いがたい。

だから死んでしまう貝が多かったのか、逆に京葉工業地帯の海とは富津岬（東京湾に突出する長大な砂州の岬）で区切られている分だけ、イメージほどには海水汚染が進んでいなくて貝がたくさん生息していたからなのか、よくわからないが、どちらにしても貝がらはよく採れた。それで私たちは、母が送ってくれたマンガ雑誌を他の子に譲ったり、景品付きの輪投げ大会を催したりするたびに、その貝がらたちをやり取りしたのである。

貝がらなら何でもいい、というわけではない。通貨になるのはタカラガイだ。卵のような形をしていて、美しく、艶やか。古代の中国や北アメリカ、アフリカなどでは、実際に通貨として使われていた歴史もあったとか。

ともあれ世の習いで、ありきたりのものの値打ちは低く、珍しいものは高くなる。おおむね、こんな感覚だった。

メダカラ　一円
チャイロキヌタ　十円
ハナビラダカラ　五十円
キイロダカラ　百円
ハナマルユキ　五百円

もっとも、ハナビラダカラより上位の貝がらはめったに拾えない。したがって使われもしない。ホシダカラに至ってはまさにタカラガイの王様で、図鑑でしか見たこともなかったから、はたしてどれほどの価値があるものなのか、見当もつかなかった。

タカラガイ以外にも、竹岡のあたりには、素敵な貝がらがいっぱい落ちていた。私のお気に入りはサクラガイ、カズラガイ、ヤツシロガイ、バイ、ツノガイ、等々。たいがいの図鑑の巻頭カラーになっていたオキナエビスという巻貝は、〝生きた化石〟の異名を取る希少なものらしかったので、心の底から憧れた。

そんなわけで私は、貝が大好きになった。実家に帰るや、「がんばったご褒美に」と両親にねだって、カラー写真満載のやや上等の図鑑を買ってもらい、ますます詳しくなる。それで、竹岡の出身者はみんなそうだったと思うのだが、地元の小学校で「貝ハカセ」として一目置かれるようになった。

でも一年で飽きた。もしもあのまま、本物の貝博士——すなわち貝類学の研究者を志していたら、また別の人生が開けていたのになと、時々、夢想する。それにしても「貝ハカセ」とは、なんだかエッチな感じのあだ名でもあったよなあ、などと赤面したりしたのは、色気盛りの頃のご愛嬌だ。

竹岡養護学園は一九三五（昭和十）年七月、豊島区内の児童の健康増進を目的とする夏季臨海学校として開校されたのを嚆矢としている。前々年の皇太子（現在の明仁天皇）誕生を記念する事業の一環だった。

主に虚弱児童の健康増進という目的が与えられ、管轄が東京市に移されたのが三九（昭和十四）年。戦争末期の一年余りは学童疎開を受け入れる疎開学園の位置づけとなったが、戦後、再び豊島区立竹岡養護学園に立ち返った。七八（昭和五十三）年には養護学園の名称を「健康学園」へと改めている。

健康学園はそれぞれの歴史を背負っていた。多くは美濃部亮吉都政の時代（一九六九—七九年）に児童福祉の文脈で開校されたと伝えられるが、やはり戦前にルーツがあるところも少なくない。

私の場合、現天皇が生まれたお祝いで竹岡の発足を見たというのなら、そのことだけで彼に深く感謝したい。

長いこと戦争絶対反対を叫び続けた挙げ句、いまやジャーナリズムの世界でも——だからこそかえって、ということなのかもしれないが——かつての仲間たちにも疎んじられ、周囲から浮きまくりつつある気がしてならない私だけれど、こと天皇制の問題については、どこか腰が引けがちな素因だろうか。もしも間近で会話を交わす機会を得たとしたら、こと竹岡のことに関する限り、大声で「天皇陛下、バンザイ！」と叫んでしまいたい衝動に駆られるかもしれない。

営々と築き上げられ、私だけではなく豊島区中の体の弱い子どもたちを救ってくれた竹岡は、しかし二〇一三年度末（一四年三月）、閉園に追い込まれた。〇五年十一月に開催された開園七十周年を祝して編まれた記念誌の編集後記に、〈この記念誌が次の八十周年、そして百周年への橋渡しになることを願う〉と記されていた願いは、ついに叶わなかった。

これでもずいぶん持ちこたえたほうだった。財政難や少子化に伴う在籍児童数の減少などを理由に、都内各区は一九九〇年代の後半頃から、健康学園を次々に潰してきた。殊に石原慎太郎都政の下で拍車がかかっている。竹岡が消えて、二〇一五年五月末現在、残存している健康学園は中央区立宇佐美学園（静岡県伊東市）ただ一校だけなのだ。

ただし、大田、板橋、葛飾の三区は身体虚弱者のためのよく似た学校をそれぞれ房総半島に開設しており、これらはなお、子どもたちの福音であり続けている。本質的には何らの差もないのだが、いずれも学校教育法第七十二条を根拠法とする特別支援学校の位置づけで、同法第八十一条第二項第三号に基づく特別支援学級の扱いになる健康学園は、はるかに潰しやすかったということらしい。

閉園の方針を明確に打ち出した豊島区の「竹岡健康学園検討委員会報告書」（二〇一二年十一月発表）には、こんな記述もあった。

> 学園の経常的な運営経費は、教員の人件費を含め、年間で総額およそ1億5千5百万円となります。これを単純に学園児童一人あたりの経費として試算すると1千万円を超える額となり、区内の小学校に通う児童に係る経費およそ80万円と比べると、大きな開きとなっています。この経常的な経費1億5千5百万円のうち都が負担する教員人件費を除いた、およそ1億1千万円が、区で予算措置され、現在のところは、都から交付される財政調整交付金で賄っています。
>
> 他方、区の厳しい財政状況の中、平成20年度には、耐震補強工事に約1億8千万円を区の一般財源から支出しており、また、今後、学園施設の老朽化に伴う大規模な改修工事に多額な経費の支出が見込まれています。

云々。なんて嫌らしい書き方だろう。健康学園とは直接の関係がない区民が、入園児童やその保護者らを、公金を不当に貪るシロアリとして認識する効果が狙われている。

豊島区ではないが、区役所で面と向かってカネ食い虫呼ばわりされた人々に、健康学園OBの珍しいマスコミ人である私は、さめざめと泣きつかれたことがある。中野区立館山健康学園の閉園が一方的に通告された二〇〇〇年の終戦記念日に、諦めきれない保護者たちが区の教育委員会を訪れると、担当課長に言い放たれたという。

「お宅らの子どもには、一人アタマ年間一千万円もかけてきたんですよ！」

そこまでの過程もひどいものだったようだ。保護者たちが存続を求める署名を集めても、シンポジウムを開いても、区長宛てに手紙を送っても、すべて無視。せめて在園生だけでも他区の健康学園に引き受けてもらうわけにはいかないかとの問いかけには、「そこも閉園になったら、今度はどこに行くんですか」。いつの日か人数やお金が足りるようになった暁には、また開園してもらえるのですよねと縋ってみせれば、「一度やめたものを、またやるんですかあ？」と、せせら笑われた由である。

税金を無駄に使われて困るのは、在園生の保護者たちも同じだ。ところが中野区教委は、十五人の子どもたちの、「東京旅行」（館山学園ではどう呼ばれていたのか知らないが）に、わざわざ五十人乗りの大型バスをチャーターしたりする愚を繰り返していたという。

一つひとつの行政サービスによる目に見える便益を、納税者の全員が直接に享受できることなどあり得ない。そう言えば最近、埼玉県の所沢市長が、航空自衛隊入間基地の周辺に立地している市立の小中学校にエアコンを設置しない根拠に税金の使途の〝不公平〟を挙げて、話題になっていたっけ。また、一人アタマ云々の理屈は、公立保育園の公設民営化や特別支援学校再編の取材でも聞かされたことがある。

特定の地域や人々を——有り体に言えば社会的弱者ばかりに目配りするなというわけだ。いわゆる選択と集中を旨とする構造改革の奔流にあっては、弱者は弱者のまま固定化する一方で強者をとことん優遇し、不平等をむしろ積極的に拡大させていくことこそが経済の活性化をもたらすなどという論法さえ、どこか市民権を得てしまった感がある。

聞いただけでトサカに来た私は、すぐに中野区教委に乗り込んだ。取材にかこつけてその課長とも対面し、いや、実際に取材もして本にも書いたのだから本当に取材だったのだけれども、普段よりもずっと静かな口調で、水を向けてみた。

「ところで、実はこの私も、豊島区ですけど健康学園の出身なんですよ。ええ、金食い虫でした。なので、館山の子の親御さんたちに言ったのと同じセリフを、私にも吐いてみていただけませんか。その場合のあなたご自身の健康は保証しかねますけども」

——……。

「人質を取ってない相手には言えないヨタを、偉《えら》そうに、他人様《ひとさま》に向ってコイてんじゃねえ!」

それで、とりあえず私の気持ちは収まった。悪いことをした気は全然ないので、特に後味が悪いということもなかった代わり、まるで無意味で、保護者たちの仕返しにもならなかった。館山健康学園は予定通りに閉園され、ただちに土地が建物ごと売りに出されたが、いつまでたっても買い手がつかない。二〇一二年三月になってようやく、新聞の都内版に「高齢者住宅事業を展開する一般社団法人との随意契約で入札の最低価格で仮契約が結ばれた」旨の報道が現れたが、続報は発見できないままでいる。

行政が前面に掲げた〝不公平〟論にはどうにも承服しかねるが、私の竹岡養護学園での生活が、日本社会の全体に照らして格別に恵まれたものだったことに疑問の余地はない。戦前戦中はともかく、それ自体で儲かるわけではない学園があれだけ豊かに運営されていたのは、当時の高度経済成長による経済的・精神的な余裕のゆえではあったろう。

ということは、戦後の復興の足がかりとなった朝鮮戦争特需や、成長を定着させたベトナム戦争特需の〝恩恵〟だったのか。とすれば私の幸福は、朝鮮半島やベトナムの人々の屍の上に成り立っていたことになってしまうのだろうか。いや、高度成長は日本中が謳歌したのだからみんな同罪だ、日本国民は罪深すぎる……などと思い詰めていくと大変なことになるのでやめておく。ともあれ私の知る限り、ああした学校は首都・東京の子どもだけのものだった。

つまり、日本国内にあってその高度成長の負の部分を引き受けさせられていた川崎や四日市、水俣、富山といった公害地帯の子どもたちには、「竹岡」が用意されていなかった。公害とは関係なくても、体の弱い子どもは全国の至るところにいる。先行した東京に各地の自治体が学び、地域の特性に応じた改良を加えながら、できるだけ大勢の子どもたちを助ける道が模索されていくのが、社会というものの本来あるべき道ではなかったか。

健康学園は知る人ぞ知る存在だった。小学生や保護者の誰もに知られるようなPRがなされたことなど一度もない。口コミだけでは少子化を待つまでもなく、入園児童が減るのが自然の成り行きだ。財政難を言うなら、健康学園を有する区は、必要なお金をとってでも、どうして逃げ場のない子どもを抱える自治体からの受け入れを試みもしなかったのか。

ただ、肉体的な健康を過剰に重視する態度には、ときに優生思想に通じかねない危険も付きまとう。正史も報道も研究論文も満足に残っていないのでは裏をとるのも難しいが、竹岡が発足した当時の時代背景を考慮すれば、むしろ優生思想の発露、実践としての皇太子誕生記念事業だった可能性が高いのかもしれない。たとえば竹岡が開校される五年前の一九三〇（昭和五）年には、朝日新聞社や文部省などの共催で、健康優良児の表彰制度がスタートしている。それでも――。

大勢の大人たちが、私たちを温かく見守り、育んでくれた。毎日が嬉しかった。世の中を信じることができた。良くも悪くも戦後民主主義が、その特権性も込みで凝縮された空間が竹岡だったのだとは、この頃になって考えるようになった意味づけである。そのような意義を社会全体が共有するに至らないうちに潰されてしまったことがいけないのであって、竹岡の精神自体が否定されるべきものだったということではないと思う。

昨今のような、弱い者はそれだけで切り捨てられるのが当たり前で、抗えばよってたかって嘲られる状況に比べれば、はるかにマシだったと、私は考えるのである。健康を追い求める思考が陥りやすい危険性を忘れず、絶えず意識し続けることができる限り、竹岡が体現するものは優生思想ではないのである。

竹岡学園の歌（一九六〇年制定）

作詞／磯部忠雄　作曲／重松六郎

海の風　山の風
そら朝だ　はねおきろ
竹岡の　この宿舎
みなさん　おはよう
けさも元気で　働こう
おひさまにこにこ　ながめてる

女の子　男の子
ベルがなる　学習だ
竹岡の　このクラス

ハイ　ハイ　先生
みんな明るく　勉強だ
漁船も遠く　でかけたよ

陽が落ちて　やぎもねた
すこやかな　夜がきた
竹岡の　このおへや
先生おやすみ
おやすみなさい　家の人
楽しいゆめが　待っている

どうかすると私は、今でも時折、あの懐かしい学園歌を無意識に口ずさんでいる自分に気づいて苦笑することがある。子どもなのに「働こう」と歌わされるのは何だかなーと思っていた。二番の女子と男子の順番は制定当時からのままである。「やぎ」は作詞された当時の学園が飼っていたのだとか。

新たな戦前とさえ囁かれる時代だ。全寮制や規律正しい集団生活の竹岡モデルが、たとえば徴兵制の復活に利活用される悪夢を見せつけられる不幸だけは味わわずに済むことを、心から願う。

内房海岸にて　右端が著者

園庭でドッヂボールをする生徒たち　昭和50年代

いのちは言葉から壊れる

　フジテレビ出身で現在はフリーの人気アナウンサー・長谷川豊氏（一九七五年生まれ）の発言が、一部で大きな話題になった。彼は二〇一六年九月十九日、〈自業自得の人工透析患者なんて、全員実費負担にさせよ！　無理だと泣くならそのまま殺せ！〉と題するブログを配信したのである。

　それによれば、患者の大多数は、〈バカみたいに暴飲暴食を繰り返す〉〈腹は出る、腰は痛める、周囲に注意されているのに、無視〉〈それでも食べ続け、運動もしない〉〈周囲は必死に注意。でも無視〉〈で、糖尿病になる〉〈にもかかわらず、運動もしない、食事も先生から言われたことをろくに守らず好き放題〉〈で、ついに「人工透析患者」さんに〉というコースを辿ったのだと断じている。一人当たり年間で五百万円の費用を要するとされる透析をそんな連中のために施してやるのは国を亡ぼす無駄遣いでしかないという趣旨だった。

　直ちに患者団体が、〈透析患者に対する誤った認識を社会に印象づけるものであり、強い憤りを覚えます〉として発言の撤回と謝罪を求める抗議文を本人宛に送付した。腎臓病に限らず、およそ病気という病気が、長谷川説ほど簡単なメカニズムだけで発症するものなら、そもそも医学の必要もなくなる。あらためて指摘するのも忌々しい。

長谷川氏は撤回も謝罪も拒否した。ブログのタイトルをやや和らげ、「殺せ」を削除しただけで、新たに〈あなた方があまりにも、きつい言い方をしますと、「おマヌケ」にしか見えないというか……〉などとする嘲笑メッセージさえアップしてみせた。

一人この男のみの偏見であるならば、何ほどのこともない。世の中にはさまざまな人間が存在する以上、こうした考え方の持ち主がいてもおかしくはないという程度の話で済む。

だが、現代の日本社会において、彼のような発想が決して少数派ではない。件《くだん》のブログのコメント欄には、もちろん少なからぬ批判も寄せられはしたものの、むしろ同調する投稿が目立った。また長谷川氏も理事に名を連ねている若手医師らのグループ「医信」は、彼の発言は団体の公式見解ではない旨と、にもかかわらず代表理事以下の理事一同で謝罪を表明するという奇妙な文書を公表したのだが、そこには同時に、言い訳じみた但し書きが付記されてもいたのである。

人工透析のみならず、現代の日本では個々の患者―医師関係から成り立つミクロな医療経済の積み重ねが、日本全体でのマクロな医療経済の圧迫につながっている現状があることは事実です。

問題になったブログを、〈長谷川自身が義憤に駆られ、独自の取材と倫理的判断に基づき行ったもの〉（傍点引用者）だ、などと評価してみせる一節もあった。悔い改めた末の謝罪ではない。二〇一六年六月に「メディカルリテラシーを育む」を謳って結成されたばかりの「医信」にとって、「透析患者を殺せ」は、表現の稚拙さをさて置く限り、否定ではなく擁護するのが自然の成り行きであるようだ。医師が公的医療の縮減を求めることは奇異にも映るが、彼らの過去の言動からは、貧しい患者を医療から遠ざけると同時に、自己負担の増加による診療報酬引き上げを実現させて、楽に儲けられる仕組みを構築したい思惑もうかがえた。

私たちが診てもらっている医師が、「医信」の同志でない保証はない。病院に行くのが恐ろしくなってくる。

つまり長谷川発言はかなりの重大問題だ。それでも先に、話題になったのは「一部で」だった、と書かざるを得なかったのは、マスメディアが当初は沈黙を決め込んでいたためである。彼らがようやく重い腰を上げたのは、暴言ブログの書き込みから十日後の九月二十九日、テレビ大阪「ニュースリアルＦＲＩＤＡＹ」による長谷川氏の降板発表を受けてのことだった。「報道番組のキャスターとして不適切な発信だ」とした同局にやや遅れて、やはり彼をレギュラー起用していた読売テレビと東京ＭＸテレビも同様の措置を採ったが、この騒動を本気で追及した報道はなかった。多少は扱うメディアが皆無ではなかったものの、いずれも識者やタレントの個人的な見解を伝えるだけでお茶を濁した。

以上の経緯を眺めながら私は、二か月前の七月二十六日未明に神奈川県相模原市の障がい者施設で十九人が殺され、二十六人が重軽傷を負わされた連続殺傷事件を連想した。逮捕されたのは植松聖《さとし》容疑者（当時二十六歳）。二〇一二年十二月から一六年二月まで同施設に勤務していた男で、警察では彼が窓ガラスを割って侵入し、重度の障がいがある入所者らを、次々に刃物で切りつけていったと見ている。

報道によれば、植松容疑者は凶行前に大島理森《ただもり》・衆院議長の公邸に、〈障害者が安楽死できる世界〉の実現が自分の目標だとする手紙——犯行計画書を持参していた。公開された一部文面の最後は、決行後に自首するので〈監禁は最長二年〉までにしてもらいたい、出所後の新しい名前や戸籍等、および〈金銭的支援〉五億円が欲しいといった〝要望〟が列挙され、〈安倍晋三様にご相談頂けることを切に願っております〉と結ばれていた。また『産経新聞』は七月二十九日付の朝刊一面トップで、容疑者が当初、これと同じ内容の文書を直接、首相本人に送るつもりだったとする捜査関係者の話をスクープしている。

所詮は今時の劇場型犯罪パフォーマンス——で片づけてしまってよい事実だとは思えない。植松容疑者は、安倍首相、さらにはこの国の政治そのものに、自分と同じ匂いを嗅ぎ取っていたのではなかろうか。障がいのある人々をまとめて殺害する行為を、現体制ならば支持し、共闘してくれるとでも？——

植松容疑者にとっては、障がい者の大量虐殺こそが〝正義〟だった。これを狂気以外の何物でもないと受け止めることのできる、人間が人間として最低限度は持ち合わせていなければならない感性が、しかし今、この国に棲む人々に共有されているとは言い難いのではないか。

ネット上には彼を〝神〟だと崇める書き込みが溢れている。「透析患者を殺せ」の長谷川発言と反応の多くもこれに近い。はたして彼らの声を追い風とでもするかのように、元東京都知事の石原慎太郎氏（一九三二年生まれ）が、文芸誌上で語った。

この間の、障害者を十九人殺した相模原の事件。あれは僕、ある意味で分かるんですよ。昔、僕がドイツに行った時、友人がある中年の医者を紹介してくれた。彼の父親が、ヒトラーのもと何十万という精神病患者や同性愛者を殺す指揮をとった。それを非常にその男は自負して、「父親はいいことをしたと思います。石原さん、これから向こう二百年の間、ドイツ民族に変質者は出ません」と言ったので、恐ろしいやつだなと思って。

（精神科医・斎藤環氏との対談「『死』と睨み合って」『文学界』二〇一六年十月号）

ナチスの医師を「恐ろしいやつ」とした石原氏の形容を、素直には受け取りにくい。なぜなら彼はこの発言を、二〇〇一年に大阪教育大学附属池田小学校で児童八人を殺し、十三人の児童と二人の教員に重軽傷を負わせて死刑になった宅間守（一九六三—二〇〇四）をはじめとする無差別連続殺人の犯人らが「全く分からない」と述べた対比で発していた。ということは、植松容疑者を「理解できる」「共感できる」の意で「ある意味で分かる」が使われた、と解釈するのが妥当だろう。

石原氏はまた、同じ対談で作家の大江健三郎氏に障がいのある子がいることにも触れている。「大江なんかも今困ってるだろうね。ああいう不幸な子どもさんを持ったことが、深層のベースメントにあって、そのトラウマが全部小説に出てるね」とまで語り、相手の斎藤環氏に、「その体験が普遍的なテーマに昇華されて、世界的な文学になっていると言えると思うんですけれども」「それはポジティブなもので、トラウマではないんですよね」とたしなめられてもいた。

遡れば石原氏には、都知事に就任した直後の一九九九年九月、府中市にある重度障がい者のための施設を視察した後の記者会見で、「ああいう人たちってのは人格あるのかね」と吐き捨てた過去さえあった。「絶対よくならない。自分が誰だか分からない。人間として生まれてきたけれどああいう障害で、ああいう状況になって……。しかし、こういうこと（障がい者への医療と福祉の一体提供）やっているのは日本だけでしょうな。恐らく西洋人なんか切り捨てちゃうんじゃないかと思う。ああいう問題って安楽死なんかにつながるんじゃないかという気がする」などとさえ述べていた（『朝日新聞』九月十八日付朝刊）。

彼は都議会でも追及されたが、発言の撤回も謝罪も拒絶した。「行政の長というよりも、一人の人間として思い悩むことを感じさせられ、そのことを自分自身にも、及び記者の皆さんにも問いかけたもの」だから、という独善が、そして、そのまま通った。

いつの時代にもこういう人はいる。問題は、選民的な思考回路の持ち主たちが指導的な地位にひしめき、その剝き出しの感情が政治の責任に優先される異常に、現在のこの国の社会が馴れ切ってしまっていることだ。

人間の尊厳だけではない。「いのち」そのものが危うくされた時代なのである。少年の頃の私が寄宿していた東京都豊島区立竹岡養護学園のルーツでもあったのかもしれない優生思想の本性が、またしても地表に噴き出た構図と言うべきか。

とすれば情況は、ポストモダンの哲学者ミシェル・フーコーのいう「生権力」のテーマに回収されかねない。服従か死かが問われた近代以前とは異なり、近代以降の権力は、人間の生の積極的な管理を図り、方向づけたがる。この傾向がきわめて顕著になってきた。

たとえば――。

障がい者と「安楽死」を軽々しく結び付けた石原氏の長男で、国会議員でもある石原伸晃《のぶてる》氏（一九五七年生まれ）が、父親と同じ意味で「尊厳死」を口にしていた記憶も生々しい。党の幹事長だった二〇一二年九月、総裁選への出馬を表明してテレビ朝日の「報道ステーション」に出演した際、彼は司会者から社会保障の将来像を尋ねられ、生活保護受給者をネットスラングの「ナマポ」と呼び歳出削減を訴えて、

「一言だけ言わせていただくと、私は尊厳死協会に入ろうと思っているんです。やっぱりターミナルケア。（尊厳死を認めていないのは世界中で）日本だけです」

と強調した。政治家が社会保障の議論で尊厳死を持ち出す意図は自明だ。伸晃氏はその七か月前にもBS朝日のテレビ番組で、胃ろうを施された高齢者たちを見た感想として、「意識のない人に管を入れて生かしてる。エイリアンが人間を食べて生きている、みたいな。やっぱりお金かかるなあ」と語っていた。

この種の発言についてなら、第二次安倍晋三政権で副首相兼財務相のポストにあり続けている麻生太郎氏を登場させないわけにはいかない。彼が「死にたいと思っても生きられる。政府の金で（高額医療を）やっていると思うと寝覚めが悪い。さっさと死ねるようにしてもらうなど、いろいろ考えないと解決しない。月に一千数百万円かかるという現実を厚生労働省は一番よく知っている」と語ったのは二〇一一年一月に開かれた「社会保障制度改革国民会議」の席上だ。一三年四月には、「食いたいだけ食って、飲みたいだけ飲んで、糖尿病になって病院に入っているやつの医療費はおれたちが払っている。公平ではない。無性に腹が立つ」とも述べた。長谷川豊氏はこれと完全に同じ考えを公言してテレビ大阪を追われたが、麻生氏はなお、この国のナンバーツーとして国民を統治する立場にいる。

「パーソン論」をご存じだろうか。生命倫理学の現代的潮流の一つで、人間を「パーソン」と

「非パーソン《ノン》」とに、要は「人格」を有する〝生きるに値する人間〟と、「人格」がないと見なされる〝生きるに値しない人間〟とに分類すべきだとする主張のことだ。臓器移植をはじめとする医療テクノロジーの進展と軌を一にして広まってきた。

「パーソン論」は、たとえば存在者を①感覚を備えていない、②感覚（喜びや痛みなど）のみを備えている、③感覚に加えて自己意識と理性を備えている――の三タイプに区分することから始まる。このうち「パーソン」は③だけで、多くの動物と人間の胎児、知的障がい者などは②に該当するから、痛みを与えないように配慮しさえすれば、殺しても問題がないとするのが、代表的な提唱者として知られるピーター・シンガー・プリンストン大学教授（一九四六年生まれ）の主張だという（森岡正博「パーソンとペルソナ――パーソン論再考」『人間科学：大阪府立大学紀要5』二〇一〇年二月刊）。

ナチスドイツの優生思想そのものと言っていい。一般的にヒトラーの国家社会主義と現代世界を支配しつつある新自由主義経済学とは対極に見られがちだが、違う。市場原理を絶対不可侵の真理と捉え、「生産性」に最高の価値基準を置く後者は、生産性に寄与しないと見なされた存在に容赦がない。相模原事件の植松聖容疑者が「パーソン論」的思考の持ち主であることは明らかであり、石原氏や麻生氏の表現からは、シンガーの説をも認識していた節さえ窺える。

彼らに限らない。もっと言えば、近年の自民党政治の担い手たちは「パーソン論」の解釈をより拡大し、意識的にか無意識にか、自らの意向に従順でない人間ことごとくを「非パーソン」として扱いたい欲望を隠そうともしていない。二〇一五年一月にフリージャーナリストの後藤健二氏（当時四十七歳）と元ミリタリーショップ経営者の湯川遥菜氏（同四十二歳）がシリア国内でイスラム過激派組織ＩＳに殺害されたと見られる事件をめぐっても、安倍首相は彼らの拘束を承知しながら、訪問先のカイロで敢えて、イラクやレバノン政府などに「ＩＳ対策として二億ドルを拠出する」旨を発表していた。「どうぞ殺しなさい」のメッセージ以外の何物でもなかったと受け止めたのは、一人私だけだろうか。

はたしてＩＳは二人の殺害を予告するビデオ声明で、「十字軍を志願した日本政府への報復」だと強調した。ＩＳにとっては安倍首相の挑発が己の非道を正当化してくれた理屈だが、彼は事件の渦中、今度はエルサレムでイスラエル国旗の前に立ち、ＩＳを非難してみせたのだった。

振り返れば二〇〇四年十月にも、アルカイダ系組織に拘束されていた香田証生氏（当時二十四歳）かもしれない遺体がイラク中部の町バラドで発見された直後だったにもかかわらず、「テロには屈しない」を繰り返していた小泉純一郎首相（当時）は、福田康夫前官房長官の長男の結婚披露宴に出席した。本人だと確認できれば欠席の予定だったとの弁解はあったものの、仮にも一国の総理がとってよい行動であるはずはない。結果的にこの遺体は別人だったが、その翌日には首を切断され、星条旗に包まれた香田さんがバグダッド市内で確認されている。

「えひめ丸」事件も思い出した。二〇〇一年二月、ハワイのオアフ島沖で愛媛県立宇和島水産高校の練習船「えひめ丸」が、米海軍の原子力潜水艦「グリーンビル」に衝突されて沈没。三十五人の乗組員のうち五人の教員と四人の生徒が死亡し、のちに九人がＰＴＳＤと診断された事故だったが、当時の森喜朗首相は戸塚カントリー倶楽部で第一報を聞いた後もその場にも留まり、ゴルフを続行したのだった。

いずれの場合も、彼らは開き直った。もともと支持率が低かった森首相はこの事件が致命傷となって辞任に追い込まれたが、小泉、安倍の両首相は何らのダメージも受けなかった。当初こそ批判の真似事程度はしてみせたマスコミも、たちまち沈黙に転じていた。

時の総理大臣が「人の命は地球より重い」と語った時代が懐かしい。一九七七年九月にパリのシャルル・ド・ゴール空港発羽田行きの日航機が武装した日本赤軍グループにハイジャックされ、六百万ドルの身代金と服役ないし拘留中だった男女九人の釈放を要求された際の、福田赳夫首相（当時）による決断の辞であった。

ハイジャック犯の要求を呑むこと自体の是非はさて置くしかない。拒否や無回答に対しては乗員乗客の合計百五十一人を順番に、まずは米国人から殺害していくと宣言されたことが最大のモチベーションだったとも伝えられるが、建前は重要だ。煎じ詰めてしまえば偽善の誹《そし》りが免れなかったのだとしても、福田発言は人間が失ってはならない大切な価値観だったのではなかったか。

棒ほど願って針ほど叶う、の故事がある。針ほどの願いもせせら笑われる時代が現代なのだとすれば、私たち人間を待ち受けている未来は、いったいどんな世界だというのだろう。

走るエイトマンとジャーナリストへの憧れ

新聞もテレビも連日、吉展《よしのぶ》ちゃん誘拐事件の詳細を報じていた。一九六三（昭和三十八）年三月に東京・台東区入谷で発生した、無惨きわまりない誘拐殺人事件である。日本で初めて報道協定が結ばれた事件だった。解除後の公開捜査では、脅迫電話を録音した犯人の声が全国放送されるなど、メディアが事件の成り行きに深く関わった点でも、かつてない展開だったとされている。

両親がことのほか強い関心を示したのは、被害者と私が同年（事件発生当時四歳）だったせいか。私自身はと言えば、吉展ちゃんへの憐憫や、世の中に対する恐怖心と同時に、報道というものの存在を、生まれて初めて強く意識させられることにもなった事件だったように思う。

一九六五年の二月には、漫画家の桑田次郎氏が、拳銃不法所持の容疑で逮捕された。『少年マガジン』の中でも一番好きだった『8《エイト》マン』の連載は打ち切られてしまう。嘆く私に、母は「8

マンは強すぎて、相手がいなくなっちゃったんだって」と慰めてくれたが、それが嘘であることくらい知っていた。これもまた報道の力だった。

桑田氏には個人的な思い出もある。あくまでも一方的で、ご本人にはお目にかかってもいないのだが。

事件から五年後、小学六年生になっていた私は、数人の級友と連れ立って、サインをねだりに彼の自宅兼仕事場を訪れた。当時の漫画雑誌には、各作品の片隅に「〇〇先生に励ましのお便りを出そう！」の呼びかけと、作家の住所が載っているのが常だったのである。桑田氏は私たちと同じ東池袋のマンション暮らしだったので、都電荒川線の線路の上を歩いて行った。

夫人が玄関で応対してくれた。持参した色紙に「8マン」の絵を添えてと級友たちは口を揃えたが、私は咄嗟に、いくら名作でも過去の――もしかしたら苦い記憶を伴うかもしれない――キャラクターのリクエストばかりでは作家に失礼ではないかと考え、彼がこの頃のマガジンに連載していた『ミュータント伝』を、と求めた。これは〈人類の暁闇から終焉にいたる巨大なドラマを、鋼鉄の感触で描破する！〉（朝日ソノラマ版単行本第一巻カバーより）という実験的な意欲作で、小学生には難しかったのだが、「8マン」を頼むべきではないと思う気持ちに躊躇《ためら》いはなかった。

晴れてサイン色紙をいただけたのは、それから三ヶ月後のことだ。その間に二、三度もお邪魔したが空振り。二度目の時は、「いつも悪いわね。これでお菓子でも買って」と、夫人が三百円をくれた。振り返ってみれば、「あつかましい」と追い返されても仕方のない無礼を働いたのに、なんと寛大な方々だったのだろう。

『ミュータント伝』の色紙は、今も仕事場に飾ってある。青い色鉛筆を使って、ものすごく丁寧に描かれた絵は、私の一生の宝物だ。

手元に一冊の〝バイブル〟がある。朝日新聞経済部編『くたばれＧＮＰ』（朝日新聞社、一九七一年）。副題に「高度経済成長の内幕」とある。二年ほど前にアマゾンで買い求めた古書である。刊行の前年に新聞紙面で連載され、当時の流行語にもなったタイトルが、ジャーナリストとしての現在の私の原点だったような気がするから。

報道に興味を持ったきっかけは、吉展ちゃん事件や桑田次郎の事件だった。八歳の頃まで放送されていたらしいＮＨＫの人気ドラマ『事件記者』にも、多くは観なかったが、カッコいいなあと憧れていた。ただ、それだけなら、私はもっと、新聞で言えば社会部的な事件報道を志向していたに違いない。

『くたばれＧＮＰ』の帯には、こうある。

汚される空と海、野放しのインフレ、酔いしれる社用族、激しいひずみの露出にもろくも崩れるＧＮＰ神話。戦後25年の日本経済を根本から洗い直し、真の意味での政治経済学を探求する。

ついでに目次の一部を。およその内容をわかっていただけるのではないか。

「夜のあだ花／交際費、年に一兆円――繁栄の裏の水まし指標」「日本軍国主義／経済力拡大に寄生――警戒される防衛力増強」「浪費大作戦／行過ぎた広告競争――〝計画的廃物化〟ねらう」「金融帝国／借金経営を保証――企業の〝侵略性〟に拍車」「成長の墓標／〝人柱〟の上で増産――昨年、六千余人が労災死」「〝国民総公害〟／求められる新指標――空気と水は共有の財産」……。

新聞連載をリアルタイムで読んだわけではない。父の存命中、わが家の購読紙は『サンケイ新聞』（現在の産経新聞）だった。隣の番地にあった産経の販売店との近所付き合いだと言っていた。朝日、毎日、読売の大手三紙ではなかった理由を、それ以外には知らない。

だから「くたばれＧＮＰ」が流行語になった後で、もともとは朝日の連載記事のタイトルだったと聞かされただけである。だけれども、なぜかそのことがずっと頭に残った。

図書館で縮刷版を探すこともできたのに、なにしろ勉強嫌いだったので、そんなことは考えもしなかった。実際、小学生の身空では読んでも理解できなかったろうが、それだけに、なんだか凄そうなイメージばかりが膨らんだ。

――ＧＮＰ（国民総生産）と言えば、少し前までのテレビや新聞が伸びたと言っては狂喜し、増えたと言っては乱舞していた。何の意味だかも知らないが、みんなが絶対的に「いいもん」

（善玉）だと信じ込んでいるものを、それも、圧倒的に強い立場にいる人々がそう決めてしまっているらしいものを、ホントは「わるもん」（悪玉）かもしれないんだぜとひっくり返してみせるとは！　新聞記者って、いったい――。

いつも家にあった『サンケイ』では、その種の刺激を受けた覚えがなかった。もっとも、熟読していたのは手塚治虫の連載漫画『青いトリトン』（後に『海のトリトン』に改題）とか、夏休み企画の昆虫の生態みたいな記事がほとんどだったから、このことをもって当時の産経を云々するつもりは毛頭ないので念のため。

とはいえ、『サンケイ』も含めて、当時のマスコミはおしなべて公害やベトナム戦争に関する調査報道に熱心だった、ように見えた。水俣病にしろイタイイタイ病にしろ、公害問題の取材は絶えず後手後手に回っていたのが実態だったと、今ならわかる。ベトナム報道ではエドウィン・O・ライシャワー駐日大使に名指しで「偏向している」と攻撃された毎日新聞の大森実記者が会社の対応に愛想を尽かして退社したり、西側のメディアで初めて戦時下の北ベトナムを取材したTBSのニュースキャスター・田英夫氏（のちに参議院議員）が自民党からの「反米的だ」というクレームで降板させられたり、それはもちろんいろいろあったのも確かなのだが、少なくとも子どもの目には、だ。

だから、ジャーナリストというのは、とても重要で、華やかな職業なんじゃないかと思った。それで私自身も何となくマスコミづいていた。

一九七〇年版の小学校の文集『ロータリー』（学校のすぐそばにあった六つ又交差点の愛称から採られたタイトルだ）に、六年生だった私の詩らしきものが載っている。

なぜ、
公害なんぞ　でるのかな。
車が多すぎるからか。
会社は、
うんともうけているんだから、
全部合ぺいして、
電気自動車だの、
じょう気自動車だの、
つくりゃいい。

スモッグのもとの工場なんか、
全部　北海道か四国へでも
あつめてしまって
そっちの人は

こっちへくればいいじゃないか。

そうすれば、

もっと住みよい町になるぞ。

当時の気持ちのありようが、もろに反映されていた。「合ぺい」というのは、それまでに何度となく見聞きした日産自動車とプリンス自動車、八幡製鉄と富士製鉄の、それぞれ当時としては史上最大云々と騒がれた企業合併のニュースや続報になぜか心惹かれ、強い関心を持っていたためだと思う。

それにしても、いかにも都会の小賢しいバカガキの、身勝手きわまる発想は、今さらながら恥ずかしい。長い間ずっと悔悟の念に苛まれてきた。北海道と四国の方々には心からお詫びしたい。私はジャーナリストになるまで先生に作文を褒められた経験がなく、『ロータリー』にもこの一編しか掲載してもらえたことがないのだが、むべなるかな、だったのだ。

小学六年生の時には、NHK総合テレビの子ども向け科学番組『四つの目』に出演する栄に浴した。何がしかのテーマを通常の撮影による「肉眼」と高速度撮影などによる「時間の目」、顕微鏡や望遠鏡を使った「拡大の目」、X線撮影の「透視の目」で多角的に分析してみようというコンセプトだったが、理科など嫌いで得意でもなかった私が選ばれたのは、何のことはない。たまたま通学していた小学校に順番が回って来、希望者が募られた際に、私のクラスでは他に手を挙げた生徒がいなかったというだけの話。

そのくせいざ本番では緊張しまくって、赤っ恥をかいた。放映の翌日には番組でのおどおどした様子を同級の女の子たちに真似されてからかわれる始末。だからって後悔することはなかったけれど、スタジオでのやり取りとか、どんなテーマだったのかなんていう大事なことさえも、あっという間に忘却の彼方に去っていった。番組の収録後に撮ってもらった記念写真もあったはずなのに、これもどこかに行ってしまった。

憧れてばかりでもいられなかった。テレビっ子第一世代の私はマスコミ時代の真っただ中で、ジャーナリストたちがわが世の春を謳歌している様子を見せつけられながら、つくづく恐ろしくもなっていく。

例の『8マン』のテレビまんが（昔のアニメはこう呼ばれた。表記は『エイトマン』）がTBS系で放映されていた一九六四年当時、私は丸美屋食品のふりかけ「のりたま」が大好物だった。もちろん「エイトマンシール」のおまけがついていたからで、何かの拍子に「かあちゃんの料理なんかよか、エイトマンのふりかけの方がずっとおいしいんだ」と口走り、両親に大目玉を食らったこともある。

大ヒットに気をよくした同社がワルノリして売り出し、「のりたま」同様に桂小金治氏がCM

をやっていた洋風ふりかけ「チズハム」（粉チーズとハムが主原料）も買ってもらったが、こちらはどうにも口に合わなかった。そもそもチーズを食べる習慣自体を日本人の大半が持ち合わせていなかった時代。ご飯にかけると臭いがキツイ、と誰もが感じたらしく、「二年も持たずに販売中止を余儀なくされました」と、ぐっと時代が下った九〇年代半ばに取材する機会のあった丸美屋の専務さんに、しみじみ聞かされた。

桑田次郎氏が復活してからも、『8マン』には災難が続いた。一九七三年には、主題歌を作詞したタレントの前田武彦氏が、参議院議員選挙の補選で共産党候補の応援演説を行い、「当選したら当日の生放送『夜のヒットスタジオ』（フジテレビ系）でバンザイをする」と発言。実行したところ、芸能界をほぼ完全に干されたという事態がひとつ。ちなみにこのマエタケ氏、Wikipediaによると、戦時中は予科練で海軍の特攻兵器「蛟龍（五人乗り特殊潜航艇）」の搭乗員となる訓練を受けていたという。『巨泉×マエタケのゲバゲバ90分！』などで、一時は「昭和元禄」におけるテレビ的軽薄の代名詞のように見られていた彼が、あの時、どんな思いでいたのか知りたい誘惑に駆られる。本人がすでに亡い今となっては無理な相談だが。

やがて一九七六年には、今度は主題歌を歌った歌手の克美しげる氏が、長い低迷からのカムバックの邪魔だと愛人を殺害してしまう事件が起こった。この頃から急増した「懐かしのテレビまんが主題歌」の類の番組やレコードにも、そこで『エイトマン』は取り上げられない時期が、かなり続いた。

桑田次郎『8マン』より

それでも私は、『8マン』が、被害者には申し訳ないのだけれども、その主題歌も大好きなままなのだ。カラオケでもよく歌う。作曲はクレージーキャッツの『スーダラ節』や『無責任一代男』と同じ萩原哲晶《ひろあき》氏だった。

♪光る海　光る大空　光る大地
行こう　無限の　地平線
走れエイトマン　弾丸《たま》よりも速く
叫べ　胸を張れ　鋼鉄の胸を
ファイト　ファイト
エイト　エイト

『8マン』とは無関係の同時代マスコミ騒動史もいくつか。少年期のこととて、あまりややこしくない、テレビコマーシャル絡みの記憶が生々しい。

「♪ホホイのホ〜イともう一杯　ワタナベの　ジュースの素です　もう一杯」と一九六〇年代の子どもを魅了した渡辺製菓の粉ジュースは、私にとっても常用飲料だった。だが六九年に人工甘味料「チクロ」の発がん性疑惑が浮上するや、食品添加物の指定を取り消されて、まったく口にできなくなった。

一九七五年には、ハウス食品工業の即席ラーメン「シャンメン」の「私、作る人。僕、食べる人」というCMが、「女性蔑視だ」との声の前に、たちまち放送中止に追い込まれた。日本でもウーマン・リブの運動が高まりつつあった時期である。私は高校生になっていて、ジェンダーの問題にはまるで関心がなかったものの、同級の女子たちの影響もあり「やっぱ、こりゃマズイよな」と思い、前述の「くたばれGNP」に受けた衝撃なども併せて、なるほど表現というのは難しい、その善し悪しも是非も、時代とともに移り変わっていくものなんだと、漠然と考えた。

すぐに想起したのは、一九六〇年代から七〇年代の初めにかけて、あらゆるメディアで見かけた女性の洗顔料のCMだ。「あなたって日焼けや肌荒れ知らずで白い肌ね……。何かいいこと知ってるんでしょ！」と尋ねる黒子さんに、白子さんが、「じゃ、私のようにロゼット洗顔パスタを使ったら？」と返す、アレである。中学の時の授業で、「ロゼッタ・ストーン」（十八世紀末に発見された紀元前の石碑。古代エジプトの象形文字を解読する鍵となった）を習った際、歴史嫌いだった私が、これだけは憶えることができたのは、まさに「洗顔パスタ」との連想に他ならなかったので、あのユニークなイラストが忘れられなかった（似たような同世代が少なくないと思う）。

「あれなんかもヤバいよな」と思ったのだが、これも後に調べたところによれば、メーカーの「詩留美屋」（現社名・ロゼット）は、すでに七五年以前にあのCMを取り止めていたようだ。はたして十年余を経た八八年には、英国の童話『ちびくろサンボ』の翻訳書が、日本国内の書店や図書館から一斉に姿を消す事件もあった。黒人表現を見直そうとする世界的な潮流に触発された市民団体による抗議のインパクトを物語る話だが、英米をはじめ、海外ではここまで極端な結果が招かれたケースはないと伝えられる。

CMそのものにも、何か問題があった場合の抗議やそのことについての報道にも、ということはカッコよさそうな報道にもそれに対する弾圧を受けたマスコミ側の姿勢にも、私たち市井の人間は左右させられている。と言うより、ほとんど操られてしまっているのではないか。そう考えると、とても怖くなった。

一族にも両親の友人・知人にも、マスコミ関係者など一人もいなかった。具体的なイメージは映画やドラマ、漫画などを基に想像するしかないのだが、それらに登場する記者たちは、いつもカッコイイばかりではいてくれなかった。ゆすりたかりのゴロツキだとか、自分では何もできないくせに、他人のゴシップを嗅ぎまわっては偉そうに論評するハイエナだったりの描かれ方も定番だった。

それでも私は、ジャーナリズムというのは素敵だと思い続けた。たとえば一九七二年に表面化した、沖縄返還協定をめぐる日米間の密約をスクープした毎日新聞の西山太吉記者を、中学二年生だった私は尊敬した。

「外務省機密漏洩事件」と呼ばれて国家公務員法の定める教唆の容疑で逮捕されても。不倫関係を結んだ外務省の女性事務官を情報源にしていた経緯が明るみに出され、起訴状に「ひそかに情を通じ、これを利用して」と書かれたという事実が伝えられても、だ。素晴らしいスクープであったことに変わりはなく、それとこれとは別の次元の問題なのに、下世話な領域へと巧妙に争点をずらしていった政府も他のマスコミも、とどのつまりは西山記者を切り捨てた毎日新聞社も汚いと思ったし、今もそう考えている。

でき得るものならいつか仕事にしてみたいと、おぼろげながらも夢想するようになった引き金は、大学に進学した早々に駅のキオスクで、真っ白い表紙に「来週から表紙が変わります。」とだけ打たれた『週刊文春』(一九七七年五月五日号)を発見した時だったように思う。新任の田中健五編集長(のちに文藝春秋の社長、会長を歴任)の発案で、翌週号以降の表紙は、和田誠氏のイラストが飾ることになる。週刊誌の表紙は美女のポートレートと相場が決まっていた時代の、大胆かつ斬新な試みは出版界の話題を独占した由。そこに何事かへの決意のようなものを感じた私は、以来、日本の「ニュー・ジャーナリズム」の牙城となった同誌の愛読者となった。やがて職場にもさせてもらった数年間を経て、今日に至るのである。

かねて王道とされてきた客観報道に執着せず、ある出来事に至る経緯のディテールまでを取材・調査して活写する。一九六〇年代後半のアメリカで生まれたとされる新しいタイプのジャーナリズムの波が、本格的に上陸してきた時代だった。

もっとも現在では死語に近い。フィクションでなければ何だって、とばかりに「ノンフィクション」の形容で一括りにされるのが当たり前になってしまっている。私の最近の仕事も、当時は虜になったニュー・ジャーナリズムの概念とは離れがちだ。ただし『週刊文春』編集部で働いた時代に輝いていた「文春ジャーナリズム」の教えは、常に自分自身を戒める指針であり続けている。面白ければ何を書いてもいい。ただし、徹底的に取材したならば――。

書きそびれていたが、私が社会人生活の第一歩を踏み出した『日本工業新聞』は、フジ・サンケイグループの系列にあった。池袋で過ごした少年時代、確かほんの数か月間ではあるけれど、これもご近所付き合いということで、この産業専門紙がわが家に配達されていたこともあった。中小以上の規模の企業の広報か総務の担当者以外にはまず読まれていない新聞だったが、父は鉄屑屋だったので、それはそれで、役に立たないこともなかったようだ。見たこともなかった紙面が私には珍しく、将来はこの新聞の記者になるだなんて夢にも思わずに、よくわからない記事を適当に切り抜いては、意味もなくスクラップしまくった。

『日本工業新聞』の記者時代は、鉄鋼業界を担当した。取材先で時々出会う超ベテランの記者と顔見知りになって、その人が編集幹部を務めていた業界紙『日刊鉄屑市況』が、池袋の家に父がなくなるまで郵送されていたことを思い出した。

朝日新聞の『くたばれGNP』が、経済部の仕事だったことを知ったのもこの頃だ。新聞による企業批判キャンペーンは通常、社会部の記者たちによってなされる。大企業寄りで財界の論理に染まりやすい経済部が、敢えてあのような連載に取り組んだ姿勢はやっぱり、本当に凄かった。だから「経済畑の社会派ジャーナリスト」という自分なりの目標も、決して不可能ではないはずだと思った。刊行から四十五年を経た今、『くたばれＧＮＰ』をあらためて読み直すと首を捻らざるを得ない部分も少なくないが、それはまた別の話である。

ジャーナリズムあるいはマスコミ業界が、今後、どのような状況に陥ろうと、この初心を私はいつまでも忘れずにいたい。

桑田次郎氏が描いた色紙

戦後・自営業者共同体の街で出会った〝知〟

私が生まれ育ったのは自営業が溢れる街だった。新宿や渋谷と並ぶ「副都心」と呼ばれ始めた頃の東京・池袋の東口。わが家から南南東に二百メートルも歩くと、そこには東京拘置所があった。

占領時代の「スガモ・プリズン」だ。東条英機ら七人のA級戦犯がここで処刑された。東京拘置所は私が中学生になった年に葛飾区の小菅に移転し、取り壊しが始まって、やがて高校を卒業した年に地上六十階の超高層ビルを擁する「サンシャインシティ」へと大変貌を遂げ、現在に至っている。

なにしろ副都心なので、当時から駅の乗降客数は全国でも有数だった。東口に西武、西口に東武の百貨店が覇を競う風景も有名だ。そして、駅からわずか徒歩七分の東池袋公園（通称・ジャリ公園）の界隈には、わが家ともう一軒の鉄屑屋、酒屋、米屋、呉服屋、駄菓子屋、菓子屋、銭湯、電器屋、牛乳屋、氷屋、ガラス屋、縄（ロープ）屋、文房具屋、カレー屋、歯科医院、ラーメン屋、床屋、薬屋、肉屋、印刷屋、写真屋、旋盤工場等々が集積し、小さな住宅や三、四階建ての貸しビルに交じって、渾然一体とひしめいていた。

商店街でもなければ、特に貧しい一帯だったわけでもない。ただ戦後の混乱をそのまま引きずったような街だった気がするのは、わが家の主が終戦から十一年あまりを経てシベリア抑留から帰還した男だったせいもあったろうか。

あの街でまた暮らしたいと、今は思う。だが実際に暮らしていた頃は、愛すれど、いつの日か脱出したい、しなければいけないと誓い続けた街でもあった。

「タカ坊よう、こういうよう、ものすげえ高えビルだってよう、俺らみてえなのがいなけりゃよう、絶対に建たねえんだぜえ」

確か日本初の超高層ビル「霞が関ビル」のテレビニュースを見ながら、呂律のまわらない口ぶりで、「ムラマヤさん」が言った。本名（かどうかも実はよく知らないが）を村山さんという、四十がらみの酔っ払いのおじさんだ。

いつもむくんだ赤ら顔をしていた。すぐ近くには職業安定所もあり、たぶんその利用者を当て込んで一軒だけ営業していた簡易宿泊《ドヤ》所に寝泊まりしては、うちの鉄屑屋で人手が要る時だけ、アルバイトに来てくれていた人である。そういう日の夜はたいがい、わが家で飲んでいった。

零細なりに商売屋ではあった家だ。ムラマヤさんのような人やら取引先やら近所の人やら、大勢の人々が出たり入ったりしていた中で、私はどういうわけか、このムラマヤさんが好きだった。見るからに立派そうな人ではなかったし、まぎれもないアル中のカエル腹で、実際、それから数年後には肝硬変で亡くなってしまうことになるのだが、父が無口な上に仕事の意義とかやりがいなどということは何も語らなかったものだから、普段は建設現場で働くことが多く、酔うと自慢話をしたがったムラマヤさんで代用した、ということだったのかもしれない。

なぜって、ビルの建設に不可欠な鉄筋棒鋼は、鉄屑を電気炉で溶かしてつくられる。非常に近い、というか、わが家とはサプライヤーとユーザーの関係でもあったから。ただし正確を期しておくと、霞が関ビルのような巨大建築は棒鋼では支えきれない。主に鉄鉱石と原料炭を高炉で溶かしてつくる極厚のH型鋼でなければ。

というわけで私は、肉体労働こそ男の仕事だと考えるようになった。子どもの目には、連日連夜、重い鉄屑の山を抱えている最も身近な肉体労働者で、鉄屑屋の経営者でもあった父が、プロレスのルー・テーズのような筋肉の山にも映っていた。

その父に幼い頃から、「お前は義務教育を終えたら大阪あたりの鉄屑屋に丁稚に行って、いずれ俺の跡を継げ」と言われて、ずっとその気でいた。一番なりたかったプロ野球選手はどのみち無理。どっちにしても頭を使う仕事じゃないやと短絡して（大間違いだ）、学校の勉強など一切しなかった。受験戦争華やかなりし時代に少年期を過ごした東京の子にしては、やや珍しい教育方針だったのかもしれないが、父自身が埼玉県の農家の八男坊で、尋常高等小学校を卒業するや池袋の酒屋に年季奉公し、まじめを買われて鉄屑屋の婿に入ったという人なので、私も似たような道を歩むんだと思い込んでいた。

とはいえ私が地元の区立中学校を卒業した一九七四年は、すでに高校全入時代。なんとなく都立高校に進ませてもらったものの、やっぱり勉強はしなかった。

わが「シラケ世代」における「三無主義」の、きっと典型だったのに違いない。ただ私に言わせれば、偏差値的には中の上とも言えない程度の、中途半端な学校でしかないのに、何かと言え

家の居間からヤード（鉄屑置き場）を通して外を見る

ば先生方が旧制中学時代の〝栄光〟とやらを口にして、「今じゃレジャーランドだ」と嘆いてみせるのが鬱陶しかった。一度、「こないだまで中学生だった俺たちに何の責任があるんだよ」と言い返して呆れられたが、今でも理はこちらにあったと思っている。

あまり早熟なほうではなかったと思う。初めて本らしい本を読んだのも小学三年の夏休み以降だ。それまでは漫画と、昆虫図鑑と貝類図鑑、秋田書店「ぼくらの入門百科シリーズ」の『野球に強くなる』（藤本定義監修）だけだったのだが、どこで見つけたのか、伝説的な大リーガー（今日では「メジャーリーガー」が一般的）の生涯を描いた『ベーブ・ルース』と『ゲーリッグ』（いずれもポプラ社版「子どもの伝記物語」シリーズ）に感動したのをきっかけに、活字中毒になっていく。

四年生になった頃、クラスで推理小説ブームが起こった。といっても、やはりポプラ社が子ども向けに出して大当たりさせていた江戸川乱歩の「少年探偵」やコナン・ドイル「名探偵ホームズ」、モーリス・ルブラン「怪盗ルパン」の各シリーズだ。私はルパンの、とりわけ『８１３の謎』のような謎解きものがお気に入りで、そのままあかね書房の「少年少女世界推理文学全集」になだれ込む。一九六三年に刊行が始まった全集で、戦後の出版史上でもエポックメーキングな仕事であったらしい。人殺しの話が多いので戦後の児童書界では敬遠されがちだったミステリを理知的な文学として再評価してみせ、市民権を得さしめたと伝えられる。

私も学校の図書室で発見した。実際、実に読みやすくて、一時は同級生たちの話題を独占。ここではエドガー・アラン・ポオの『モルグ街の怪事件』やガストン・ルルー『黄色いへやのなぞ』、アガサ・クリスティ『ＡＢＣ怪事件』に熱中し、さらには創元推理文庫に歩みを進めた。セリフが多くて読むのが楽なクリスティのエルキュール・ポワロものを読みあさり、「灰色の脳細胞」という、名探偵の知性を表現する言葉が、なぜだかいつまでも頭に残った。

マニアでもない素人の取るに足らないミステリ遍歴などもう止めておく。書きたかったのは、あの頃の——一九七〇年前後の私たち子どもは、なんて豊かな出版文化を享受させてもらっていたのだろうということなのだ。

池袋には私の東口に新栄堂、駅を挟んだ西口には芳林堂という大きな書店があり、本を探しに行くたびに、新しい発見があった。鶴書房盛光社のジュニアＳＦシリーズが並んでいた棚で、筒井康隆の『時をかける少女』の背表紙に目が釘付けになり、面白く読んだ数年後にＮＨＫの少年ドラマになった時は、自分の目利きが証明されたみたいで、なんだか誇らしかった。

推理小説とＳＦだけを読んだわけでもない。小学校高学年の読書でよく覚えているのは、メルヴィルの『白鯨』上巻（富田彬訳、角川文庫）と、吉野源三郎の『君たちはどう生きるか』（新潮社）である。

『白鯨』は、『少年マガジン』に掲載された梶原一騎の構成、影丸穣也の劇画という黄金タッグ（後に『空手バカ一代』でも原作と作画のコンビ）によるコミカライズ作品に興奮して、本物に触れたくなった。とはいえ中身は子ども向けにアレンジされた劇画版とはかなり違っていたし、何よりボリュームが厚すぎて、途中でわけがわからなくなり、あっさり挫折。通読できたのは高校生になるかならぬかになってからのことだった。

あれ？　なんのかのと書いてはみても、結局は『マガジン』の話になってしまっている。当時の『マガジン』は、『巨人の星』（原作・梶原一騎、画・川崎のぼる）や『あしたのジョー』（原作・高森朝雄、画・ちばてつや）の大人気に胡坐をかかず、世界名作やノンフィクションを素材にした実験的な作品をよく載せていた。トヨタ自動車を創業した男の一代記『トヨタ喜一郎』（原作・木本正次、画・影丸穣也）と、広島の被爆者による手記を基にした『ある惑星の悲劇』（画・旭丘光志）が、私には忘れられない。いろいろな意味で強烈な影響を受けた。

『君たちはどう生きるか』は、もともと一九三七（昭和十二）年に出版された少年向けの教養書だ。二年前におとうさんを亡くした中学二年生の「コペル君」が、おかあさんの弟の「おじさん」に学びながら成長していくという筋立てを採っている。手元にある一九六九年本の、次のような記述に、傍線が引いてあった。

コペル君とおじさんが、霧雨の中で銀座のデパートの屋上に立っていた時のこと。

霧あめの中にぼうぼうとひろがっている東京のまちが一面の海で、ところどころに立っているビルディングが、その海面からつき出ている岩のように見えてきたのでした。海の上には、あま空が低くたれています。コペル君は、その想像の中で、ぼんやりと、この海の下に人間が生きているんだ、と考えていました。
だが、ふと、その考えに自分で気がつくと、コペル君は、目まいのようなものを感じました。びっしりと大地をうずめつくしてつゞいている小さな屋根、そのかぞえ切れない屋根の下に、みんな、なんにんかの人間が生きている！　それは、あたりまえのことでありながら、あらためて思いかえすと、おそろしいような気のすることでした。

別の章の、「おじさんのＮｏｔｅ」。

もしも君が、学校でこう教えられ、世間でもそれがりっぱなこととして通っているからといって、たゞそれだけで、言われた通りに行動し、教えられた通りに生きてゆこうとするならば、――コペル君、いいか、それじゃあ、君はいつまでたっても、一人まえの人間にはなれないんだ。子どものうちはそれでいい。しかし、もう君の年になると、それだけじゃあダメなんだ。肝心なことは、世間の目よりも何よりも、きみ自身がまず、人間のりっぱさがどこにあるか、それを本当に君のたましいで知ることだ。

何度か読み返しているから、傍線そのものは、たぶん何年かしてから引いたものだと思う。だが、『君たちはどう生きるか』を貫くこうした考え方に、私が初めから惹かれていたことは間違いない。幼い頃から熱狂し続けた梶原一騎原作の漫画群にもまた、ほぼ同様の発想が横溢していたからだ。病膏肓に入って、三十七歳の時には、『夕やけを見ていた男――評伝梶原一騎』（新潮社）という本まで書いてしまったほどである。

「昭和を代表する進歩的文化人」と呼ばれた吉野源三郎（一八九九―一九八一）と、しばしば右翼的とも評された梶原一騎（一九三六―八七）の共通項は、戦前の教養主義ではなかったか。山本有三の総編集による「日本少国民文庫」全十六巻（新潮社）の最後に刊行された『君たちはどう生きるか』は、やがて国家総動員体制が完成されていく過程で、「自由主義的だ」からと弾圧され、発禁処分を受けている。いわゆる戦中派に当たる梶原が呼吸した戦後民主主義が、ここにおいて芽吹いていたのだと思われる。

そんな彼らに私は深く共感した。「少国民文庫」だったというのは引っかかるし、男女平等の観点からはいかがなものかと思われる点も少なくないが、コペル君の〝勇ましい友〟ガッチン君の口癖を借りれば、「だれがなんてったって」、好きなのである。

すでに朝鮮戦争以来の「逆コース」のただ中にあったが、一応は戦後民主主義の範疇には入る空気にどっぷり浸かっていた自分なのに、どうしてなのかなと、よく考えた。最近になってわかった。

人生の本質が描かれた本は、どんな時代に読んでも胸に響く。私と同世代の児童文学者・梨木

東京拘置所跡地の上空から池袋駅方面をのぞむ
サンシャインシティが竣工された1973（昭和48）年ごろ

著者が通った豊島区立時習小学校　2003（平成15）年に統廃合された

香歩さんによる、『君たちはどう生きるか』へのオマージュと言われる『僕は、僕たちはどう生きるか』（理論社）も二〇一一年に出版されて評判になった。時間の経過とともに古くなる部分が生じるのは避けられないが、そんなものは読む側が承知しておけば済む話だ。

私を本好きにしたのは母だった。池袋のあたりでは難関と言われていたらしい女学校を出たそうだが早逝した「ゆき」という名のお姉さんを引き合いに出しては、「ゆきちゃんはよく本を読んでいた。お前も読みなさい」と、本だけはよく買ってくれた。

だが私の〝知的な〟（？）営みは、読書に限られていた。五年生の時だったか、社会科で習った世界地理に興味を抱き、『日本国勢図絵』（矢野恒太記念会）という産業や貿易の統計資料集をノートに丸写ししたり、外国への憧れを募らせもしたけれど、子どもの日常とはまるっきり関係のない英語には、どうしても関心が持てなかった。

七〇年安保のデモ隊の様子が、来る日も来る日も大きく報道されていた。私も少なからず影響され、ややあって中学一年生の頃、ということは七二年に発生した連合赤軍事件より少し前だったことは間違いないと思うのだが、夕食の席で何気なく、マルキシズムへの共感らしき言葉を口にしたことがある。新聞の解説記事か何かで読みかじっただけのエセ知識で。

父は怒り狂った。激論の末に怒鳴りつけられた。

「この親不孝者！　お前なんか、俺の息子じゃない！」

子どもには絶対に手を上げない父だったが、この時は本当に怖かった。傍らでおろおろ取り乱した母が、「謝りなさい、お父さんに謝りなさい」と叫んでいた。おののきながら私は、「この程度のこと、誰だって若い時には考えるじゃないかよ。なんでそんなに怒るんだ」と半ば驚いていたのだが、数日後、父がポツリポツリと話し始めた。

「共産主義というのはな。頭の中で考えている限り、それはそれは素晴らしいんだ。金持ちも貧乏人もなく、誰もがみんなのために働く。実際にそんな社会ができたら、これは理想郷だよ。だけどな、いくら働いても潤うのは国家と役人だけで、普通の人間一人ひとりにはぜんぜん見返りがないとしたら、どうだ。俺はなあ……」

シベリアでの抑留生活が語られていた。日ソ間の国交が回復した一九五六年の末に釈放され、帰還するまでの戦後十一年間をイルクーツクやチタ、ハバロフスク等の収容所で送り、強制労働を余儀なくされ続けた男の叫びを、十三歳のガキが理解できるはずもない。今だってわかりっこないからこれ以上は書かないが、ただ、父はこれより一、二年前、私が小学校の上級生だった頃に、こんな話もしてくれていた。社会科の副読本か何かに載っていた日本の政府機構図を眺めていたら、

「昔はここに内務省というのがあったんだ」

——何それ？

「GPU《ゲーペーウー》さ」

満州に出兵前の父・斎藤三三二
1944（昭和 19）年 1 月

シベリア抑留から帰国し、品川駅頭にて出迎えを受ける父（右端）
1956（昭和 31）年 12 月 30 日

旧ソ連の秘密警察。父が抑留されていた時代のスターリン体制では殊に、国家に従順でない〝思想犯〟を徹底的に取り締まり、粛清しまくったとされる。戦前戦中の日本社会に君臨した内務省の、たとえば特高警察はGPUと同じようなものだったというのである。

GHQによって解体された戦後も、公安警察と名前を替えて、当然のように存続している。右でも左でも、共産主義だろうと資本主義だろうと、権力の本質に大した違いなどありはしないのだと、父は教えてくれていたのではなかったか。ともあれ息子でなくされてしまうのは困るので、私はあの一件以来、何らかの「思想」が関わってくる事柄については、あまり考えないようにしようと思った。

進路についてそれなりに自覚的に思案し始めたのは高校二年生の師走だった。早熟どころか奥手も奥手だ。どん底の成績で、「今度こそ中退しなさい」と担任教師に迫られては、さすがに将来を考えざるを得なかった。

この話には前段がある。高校一年の一学期に英語、古文、数学Ⅰ、化学、生物の五科目十八単位で赤点を取り、クラス四十六人中の四十六番目と通知表に赤字で特筆大書された。私の高校では学年末で赤点が三科目か八単位を超えると留年という決まりだったので、当然、職員室に呼ばれた。しおらしくして聞き流そうと努めた私だったが、担任が「俺の責任にされると困る。今のうちに中退してほしい」とまで言い出したものだから、「ああ、出てきますよ」とやり返し、知らん顔して居座った後も、緊張関係が続いていたのだ。

校庭の金網に野球のボールを叩きつけて遊んでいたら、その向こう側にあった生物室の窓がガラッと開いて、「斎藤！　ちょっと来い!!」。担任ではなく生物の先生に、「お前はどうしてこうまで勉強しないんだ。学ぶということはだな――」と、懇々と諭されたのもこの頃だった。入学早々から居眠りばかりしていた劣等生を見捨てないでいてくれたのが嬉しくて、涙が出た。

なのに二学期も四十五人中四十五位のドンケツ（この間に転校した同級生が一人いた）。いよいよ切羽詰った私はようやく、冬休みに勉強らしきことを試して、どうにかこうにか進級のパスポートを手に入れたのだが、歴史は繰り返す。二年生の一、二学期も同じ担任に真っ赤っ赤の通知表を渡されて、「今度こそ」と相成った次第である。

せっかく進学させてもらった高校だ。卒業ぐらいはしておきたいと思い、「とにかく冬休みに頑張ってみますから」と懇願して面倒を先送り。中学の英語の教科書を辞書と首っ引きで読んだり、古文の助動詞の活用表をトイレに貼って丸暗記したりしているうちに、突然、閃いた。

「そうだ。俺、大学に行きたい」

勉強というのは面白いんだと、生まれて初めて思った。悩んだ割にはあっさり方向性が定まって、その後は成り行きでしかなかったような気もする。辛うじて進級した高三の夏に絞り込んだ受験先は、第三志望まですべて商学部。鉄屑屋を継げという父の意志は変わらず、私もそのつもりで、ただ、より頭を使った「よい商人」になりたいと願うようになった。親元を離れて関西の大学に進みたいと考えた時期もあったが、すでに病に冒され、気弱になっていた父に、「俺はもう長くないから、東京にいてくれ」と頼まれて、そうすることにした。

何にせよ唐突すぎた心境の変化には、長い間、自分でもうまく説明がつけられないままでいた。けれども一九九〇年代末、四十歳も間近になった時期に、「ああ、こういうことだったのか」と得心できるような場面を幾度か体験した。

新自由主義と呼ばれる国際的な経済思想の潮流に乗った、いわゆる構造改革をジャーナリストとして取材する毎日は辛かった。特に教育分野での構造改革については、グローバルビジネスが金科玉条にしている「選択と集中」のロジックを子どもにまで当てはめ、上からの早期選別を急ぐ行為に他ならず、ということは階層間の格差を加速度的に拡大していく結果が招かれるに違いないと感じた。それで政府の審議会のトップらと会うたび、こんな質問を重ねた。

「たとえば死んだ私の父は高等小学校しか出ておりません。零細な鉄屑屋を経営してはいましたが、シベリアに抑留されていたので朝鮮戦争特需には与かれず、昭和三十一年暮れの最終のダモイ（帰還）で帰国した頃には業界秩序も固まっていて、多少は儲かるようになるまで、ずいぶん時間がかかったそうです。高度成長の時代になってもね。かてて加えて明治末年生まれの古い人間ということで、私はずっと、中学を卒業したら丁稚に行けと言われて育ちました。それでも結果的に大学に進学し、こうして希望の仕事に就くことができたのは、当時はまだしも教育機会の平等という建前があったからです。

現代の日本で小学生の子を持つお父さんには明治生まれもシベリア帰りもいないでしょうが、代りにリストラが常態化して、子どもの教育どころではないご家庭が急増しています。そんな時代に教育改革で早期選別を推進するのは危険だと私は思うのですが、いかがでしょうか」

尋ねながら、私の中では絶えず二つの思いが交錯していた。物書きとしては、政府関係者がうんと乱暴なセリフを吐いてくれたほうが、インパクトのある原稿を書ける。でも一人の人間としては、「心配しなさんな。われわれが壊そうとしているのは結果の悪平等であって、機会の平等は絶対に守り抜くから」とかなんとか、ごくごく優等生の回答をしてもらいたい——。

悩むまでもなかった。どいつもこいつも、もとい、誰も彼もが、「そんな連中など知ったことか」としか受け取れない暴言をほざいた。「教育改革国民会議」という有識者会議の有力委員に至っては、「あんたがそんなことを言うのは、要するにお父上を尊敬してなかったからでしょ。私の祖父も高等小学校卒だったが、裸一貫で私立の中高一貫校を築き上げ、父と私に遺してくれました。機会の平等なんていうのは、一流の人間にとっては余計なお世話なんですよ。あんたも大学になど行かず、黙ってそのクズ屋さんを継いだらよかったんじゃないのかね」だって。

ぶち殺してやりたかった。下々には葛藤することも許されないというのか。「偉かったのはあんたのおじいさんであって、あんたじゃないだろ」。咽まで出かかった啖呵を、やっとの思いで呑み込んだ。だが現実に、こんな手合いばかりが世の中を動かす側を独占しているのもこの国の現実だと、構造改革の取材を通して、私は嫌と言うほど思い知らされてしまった。

父と。ダイハツのオート三輪トラックは戦後高度成長の初期を支えていた

著者の三歳年下の妹と父

だから帰り道で泣いた。戦前の社会の下層で生まれ育った親父はずっと、あの手の連中にこういう目で見られ、扱われ、だから戦争にも行かされて、酷い目に遭ったり遭わせたりさせられたんだよなあ。戦死した人たちに比べたらはるかに幸運だったよねってことにはなるわけだけど、バカな俺にはわからなかった。

所詮は建前にせよ、戦後民主主義と言われた時代に少年時代を過ごせたからでもある。それもまたもちろん、あからさまな身分社会よりはマシではあったとは言えるけれども。そこまで考えて、ハッとした。

いや、わかっていたんじゃないのか。親父ばかりじゃない。池袋のあの街の、都市自営業層の共同体のような空間の住人たちの多くは、よく似た人生を背負っていた。銃後にいた人々も雨あられの焼夷弾を逃げ惑って生き延びた。母はよく「知り合いも直撃を食らって火だるまになった」と話していた。だから俺は、脱出したかったんじゃないのだろうか。

大学二年の冬に父を亡くし、鉄屑屋を継ぐ選択肢を失った私は、心機一転、巨大企業のビジネスマンを目指して就職活動を展開した。途中で思うところがあり、最終的に入社した産業専門紙では鉄鋼業界の担当記者となった。その後の月刊誌の編集者や週刊誌の記者、フリージャーナリストとしての活動を通してエリートたちならではの美点にたくさん接しもしたけれど、心の底から馴染むことはできなかった。

あの街から抜け出したかった。けれども、そのことがイコール上位の社会階層に移動したいという執念には直結しなかった自分——少なくとも就職活動の途中からは——で、よかったと思う。

そのうち死んで、いつの日か生まれ変わることができたら、その時は哲学を勉強してみたい。

1960年代の東池袋公園界隈

酒と煙草と大人の世界

近所にある酒の量販店のレジに並んだ。カートには山ほどのビールと純米酒、芋焼酎、泡盛、スコッチのシングルモルト、エトセトラ。

難儀した単行本の執筆もラスト数行を残すのみ。もうじき脱稿、そしたら女房を連れて飲みに出て、帰宅してからも、あしたもあさっても酒盛りだ。ルンルン！　物書き稼業にとって最高の喜びを目前に控え、さあ、ではどんなフィニッシュで決めてやろうかと、思案のための散歩を兼ねて、勇んで出てきたのに。

「年齢確認が必要な商品です」

例の音声ガイダンスが聞こえた。ああ、ついにこの店でもか、とイヤーな予感。と、案の定、店長とおぼしき中年男がタッチパネルの操作を求めてきた。

――悪いけど、そっちで押してください。

返すと、慣れた様子で処理してはくれた。だがどうしても気が収まらず、ただし間違っても暴れ出したりしないようにと自分に言い聞かせながら、とことん感情を押し殺して、言った。

——無礼だとは思いませんか。

「……」

——私は五十七歳になります。還暦もさほど遠くない大の男がガキ扱いされなければならない理由をうかがいましょう。

「……会社を守るためだとしかお答えできません」

——警察が怖い、ですか。まあ確かに、本気でこんなものに意味があるなんて思っているとしたらどうかしている。未成年者に成人だと自己申告されたらそれまでだものね。

「疑わしい場合は身分証明書を見せてもらいます」

——だったら最初からそれだけをやればいい。今までのお宅はこんなことをやらなかったし、仮にも酒の専門店を名乗るからには、そこらへんのコンビニとは一味違う理念があるはずだと信じたから、私はいつも寄らせてもらっていたのだけど。

来なけりゃよかった。ルンルン！　が一転、何もかもバカバカしくなった。いっそ酒そのものを嫌いになれてしまったら、どんなにか楽なことだろう。

子どもの頃を思い出す。お酒は大人の世界のシンボルで、いつかは僕も、と憧れていたのだったっけ。

父はそれほどの左党ではなかったけれど、ビール一本程度の晩酌は欠かさなかった。無口な男が、酔えばそれなりに陽気になる。私が大好きだったテレビまんが『ハリスの旋風《かぜ》』(ちばてつや原作)の「♪ドンガ　ドンガラガッタ　ドンガ　ドンガラガッタ　国松様のお通りだい」で始まる元気な主題歌をもじって、事あるごとに「ドンガ、ドンガだろ!」と、励ましてくれるのが嬉しかった。

東京・池袋。わが家の隣が酒屋さんだったので、いつも使いを命じられた。一九六〇年代のこととて、その酒屋さんでも当然、味噌も醤油も売られていたのだが、そちらは母の領分。私が受け持ったのはお酒だけだった。

テレビっ子の私は、コマーシャルが楽しかった「サッポロ・ジャイアンツ」とか、「アサヒ・スタイニー」なんて変種を買ってきては叱られて、取り換えに戻された。父には「キリンを買ってこい」と言いつけられていたのだが、銘柄にこだわるほどの酒飲みでもないくせにと思ったし、実際、独占禁止法違反ではないかとさえ囁かれた時代の《キリン神話》なるものは、終戦直後までの寡占企業・大日本麦酒が財閥解体のあおりでサッポロとアサヒに分割され、その間隙を突いてトップに躍り出たキリンの巧みなマーケティング戦略の産物でしかなかったと、今ならわかる。

ではあるにしても、素直にキリンだけを買ってきていればよかったのだ。私は少し後悔している。父は醸造の専門家でもジャーナリストでもなかったのであって、思い込みも含めての酒の味なのだから。

あの頃はどこの酒屋さんも、立ち飲み屋を兼営していた。四つ角にあったお隣は店の前の隅切りの場所にもビールケースで組み立てた低いテーブル席を用意しており、もっと小さかった頃の私はいつも、そこで焼いたネギにタレを塗った串刺しをごちそうになっていたとかで、「だからお前はネギ坊主なんだ」と、母は私が四十一歳の時に亡くなるまで繰り返していた。もっとも私自身にはまるで記憶がない。それどころか物心ついてから中学生ぐらいまではネギが大の苦手だったのだから、あれはきっと嘘で、「本当はネギが好き」だと私に暗示をかける作戦だったようにも思うのだが、だとしたら食べられるようになった後まで言い続ける必要はなかったわけで、とどのつまり真相はわからずじまいのまま。

小学校の高学年の頃にはやった「酒ブタ」集めには、これ以上の地の利もなかった。酒ブタとは次のようなものである。

当時の日本酒の蓋は、金属の王冠にコルクがついたものが大半だった。これを斜めに踏み潰すようにするとコルクが取れる。で、残った王冠（酒ブタ）を集めては、友だち同士で競い合う――説明が難しいのだが、要は一対一で交互に自分の酒ブタの端っこで相手の（置いてある）酒ブタの端っこを圧してハネ上げ、ひっくり返せたら勝ち――のだ。負ければ相手にその酒ブタを進呈するのが決まりだったから、メンコみたいなルールと言えばわかりやすいかもしれない。

勝負だけが大事なのではないのはモチのロンだ。メンコと一緒で、珍しい酒ブタを持っている者が偉い。酒屋さんの隣に住んでいて、珍しいのも珍しくないのもいくらでも集められる私に敵う者はなかった……と、威張れたほどのものでもなかったけれど。

子どもの遊びの流行にはいろいろなパターンがあって、ひとつの小学校限りのものも少なくないそうだが、酒ブタはかなり広範囲ではやっていたようだ。ネットでも時々、回想を見かける。ちなみに私の小学校では、酒ブタとほぼ同じ時期に「ちょうせん（朝鮮か挑戦かは不明）ピンポン」というゴムボール遊びも休み時間の定番になっていたのだが、これについての言及はあらゆるメディアを通じて見たことがない。名称から類推されるルーツを在日の友人にも尋ねてみたが、首を傾げられた。

「ちょうせんピンポン」のルールを一応説明しておくと、コンクリートの校庭にチョークで仕切った即席コートで、すべてのショットは、まず自陣地にバウンドさせてから敵陣に向わせる。コートを「日」の字に書いて二人でやっても、「田」の字、四人でも構わない。卓球のサーブの打ち方が繰り返されるイメージだが、飛んできたボールをノーバウンドで掌に弾かせ、地面にワンバウンドさせてから打ち返してもよい、というのも特徴だ。よく似たやり方でドッヂボールを用いる「かんばこ」という遊びなら全国にある（地方によっては「いんてぃ」「インサ」とも言う）とは聞いたが、我らの「ちょうせんピンポン」が使うのは小さなゴムまりだし、ちょっとだけだがルールも複雑だったのではないか。

ところで隣の酒屋さんというのは、のちにその筋では知らぬ者がなくなる異才であった。「甲州屋」の児玉光久さんである。

失われたものばかりが目立つ現代にも、例外はある。日本酒はそのひとつだと思う。一昔前ならよほどの通にしか手が出なかった地方の銘酒を、今や全国のどこでもたやすく手に入れて、味わうことができる。そのパイオニアが光久さんだった。

高度成長時代までの日本酒の大半を、いわゆる三増酒（三倍醸造酒＝コメで作った清酒のもろみに醸造アルコールやブドウ糖などの糖類、酸味料、化学調味料などを加えたもの）が占めていた事実は周知の通りだ。戦中戦後のコメ不足で、言わば緊急避難的に始まった方策が、何が何でも金儲けの風潮に乗ったコマーシャリズムと結びつき、日本酒全体の評価を著しく失墜させていた一九七〇年代半ば――。

「本当に旨い酒をみんなに飲んでもらいたい」

そう考えた光久さんは、主に越後の蔵元を訪ねては優れた地酒を持ち帰り、店頭に並べた。大量生産された三増酒のナショナル・ブランドの、それこそテレビコマーシャルが溢れていた東京で、誰も知らない酒がそうそう売れるはずもない。それでも信念を曲げなかった彼の理解者は少しずつ増えていき、やがて地酒ブームとなって結実して、今日の日本酒シーンをもたらしたと言われる。

一九四四年生まれ。日本酒の世界に輝かしい功績を残した光久さんは、しかし一九八六年、四十三歳の若さで早逝された。

——という話を、もっとも、隣人だった私はリアルタイムでは知らなかった。甲州屋さんが日本酒ルネサンスに乗り出した時期には父も体を壊して酒など飲めなくなっていたし、七九年にこの世を去ってからは、母と妹と私の遺族三人で板橋区に転居して、池袋は思い出の街でしかなくなっていたから。

私の記憶にある光久さんは、そんな英雄像とはかけ離れた人だった。存命ならすでに古稀を超えている彼はまだ二十歳代の若者で、イヤイヤ継いだらしい店のちゃらんぽらんな二代目というのがもっぱらの評判。実際、隣に住んでいると、肝っ玉母さん然としたご母堂に怒鳴りつけられている声がよく聞こえた。でも気のいい、憎めない人ではあったから、町内の子どもたちには慕われた。私も私の父や母と同じように、「ミッちゃん」と呼ばせてもらっていた。

だから、前述のような光久さんの活躍物語を、一九九〇年前後の青年誌に連載されていた『夏子の酒』(尾瀬あきら)という漫画作品で初めて読んだ時には面食らった。蔵元の家に生まれた女性が本物の日本酒作りに人生を賭けるというフィクションのストーリーに挿入された実話エピソードだった。生前の光久さんに取材していたのであろう『夏子』もまた、彼と同じ思いを共有し、テレビドラマ化もされて、地方の銘酒に人々の目を見開かせた大功労者である。

お酒と、誰だってそうだったろうが、煙草も大人の世界のシンボルだった。父はどちらかと言えば煙草の方が好きで、フィルターのない両切りの「いこい」を一日に五十本は吸っていた。

でも中に入れば
他の酒屋とは
全く違った
雰囲気が
ただよって
います
所狭しと
つまれた
様々な
地酒
申し訳程度の
洋酒……
山や酒蔵の
写真
素朴な
民芸品
そして
入り口正面に
飾られた
遺影が……
今は亡き
甲州屋《こうしゅうや》さん
です
児玉光久《こだまみつひさ》
昭和19年生まれ
昭和61年没
43歳の若さで亡くなった
吟醸酒育ての親
地酒の戦士……

『夏子の酒』第79話「甲州屋」より　ⓒ尾瀬あきら／講談社（83頁も）

灰皿に引き出しのついた煙草盆が粋で、これにももちろん、憧れた。ただ、なぜかお酒のようには将来の自分と結びつけてはイメージできない感じがあった。父は私をたいそう可愛がってくれたが、私自身の方はどこかに「畏れ」のような意識を抱き続けていたから、父のイメージが色濃い分だけ、煙草には近寄りがたい距離感があったということなのか。

近年の禁煙ムーブメントには隔世の感を禁じ得ない。一九七〇年代あたりまでの日本社会には、成人男性たるもの煙草を吸わなければならないという雰囲気が漂っていた。そんなものはたばこ税の税収増を目論む大蔵省と日本専売公社（現在の財務省とJT＝日本たばこ産業）の演出による同調圧力だ、と切って捨ててしまえるほど単純な構造でもなかったのではないか。うまく言えないのだが、煙草と額に汗して働くこととは強い親和性があるように思う。いわゆるワーキング・プアの日常を取材したテレビ局の女性ディレクターが同じような感想を書いていたのを読んだ記憶もあるのだが、そうだとすると、禁煙ムーブメントの背景には、汗だくの労働が尊ばれなくなった風潮もあるということなのかもしれない。

ダウン・タウン・ブギウギ・バンドの『スモーキン・ブギ』が大ヒットしたのは一九七五年である。事の善し悪しはさておけば、とにもかくにもそういう時代風俗だった。

というわけで、たぶん同世代の男子のほとんど全員が、中学校を卒業するかしないかの季節になると、煙草を吸い始めた。私が進学した平凡な都立高校でも、同級生たちはみんながみんな、プカプカ、プカプカ。

ところが、ここで私のヘソ曲がりが顔を出す。だったら俺は吸わねえや、と思った。みんなが吸うから俺も吸うというのでは、俺なんかいてもいなくてもどうでもいいってことになっちまう。吸わないからってそれだけで存在価値が上がることにはならない程度の理屈はわかっちゃいるが、どちらにしても、ただ単にみんなと同じように行動するのは嫌だ。

もっと言えば、「うめえうめえ」と煙を吸い込みながらゲホゲホむせている連中ばかりなのにシラケた。上から目線というのとは違う。自分も吸えばこうなるに決まってる、俺なんかには百年早いと、そのように感じてしまったのである。

あれから四十年余が過ぎた。百年が六十年に縮まった程度のことはなくはないかもしれないけれど、私にとっての煙草はまだまだ遠い。三十歳前後の一年間ほど、そろそろいいかもと吸ってみた時期もあったのだが、我ながら薄っぺらい感じがしてキッパリ止め、そのまま現在に至っている。

禁煙ムーブメントの高まりや、強権的な禁煙政策の前に、同世代のかつての愛煙家たちは、次々に白旗を上げていった。みんなが吸うから吸い、お上に止めろと言われてみんなが止めたから止めるというのはやはり趣味でない。その意味だけでも、私は正しい選択をしたのだと思う。

その代り、お酒の方は高校生の頃からチビチビ飲んでいた。父にもあまり咎められなかった。そもそもそれ以前から、お正月には飲ませてもらってもいた。

高校三年の夏休みには、飲みながら受験勉強をした。小遣いを貯めて、特に高級でもないがカッコよさそうだったウイスキー「ブラック・ニッカ」を、これは甲州屋さんではなくて、池袋駅の周りにあるデパートや酒屋さんで買ってきた。水島新司さんのプロ野球漫画『あぶさん』の真似をして、そいつをストレートであおっては、やっぱり、むせた。

煙草でむせるのは許せないのに、お酒でむせるのは構わないと思った理由は、自分でもよくわからない。背伸びなんてものは人目につかないように隠れてこっそりやるもんだと考えていたような気がしないでもないが、どのみち記憶の彼方である。きっと深い意味など何もなかったに違いない。

やがて二〇一四年に終了するまで、なんと四十一年間も続いた金字塔『あぶさん』の雑誌連載は、私が中学三年生だった一九七三年にスタートしている。人気のなかったパ・リーグの、しかも当時は弱小球団になっていた南海ホークスの代打屋稼業・大酒飲みの景浦安武が主人公。舞台になった大阪らしい人情話が中心だった初期のトーンに魅せられていた私は、たまたま高三の時に読んだ「乱打道頓堀」の巻で、歌人・若山牧水の短歌、

白玉の歯にしみとほる秋の夜の
酒は静かに飲むべかりけり

を知って、他愛なく感激した。こういう酒飲みになりたい！　だから受験勉強中の酒というのも、

つまり、思索しつつ飲むための、いわば予行演習であるという、自分としては位置づけのつもりなのだった（苦しい）。

――大阪・道頓堀の盛り場で、初老の男性が三人の若いサラリーマンにからまれ、殴られていた。通りかかった景浦が身代わりを買って出ても、彼らは男性への暴力を止めない。反撃に転じた景浦はプロのアスリートだ。たちまち三人を叩きのめし、傷害容疑の現行犯で逮捕されてしまう。翌日の新聞にもデカデカと報じられた。

それを読んだ男性や目撃者たちの証言で無罪放免、とはなるのだが、多くの人に心配をかけた事実は消えない。景浦の行きつけの赤提灯「大虎」を、当時の野村克也・南海ホークス監督が訪れ、無言で飲む景浦を前に、店主や看板娘のサチ子（のちの景浦夫人）と交わしていたやり取りに、私は痺れたのだった。

「ほ〜〜〜なるほど　すごい飲みっぷりや」

「そうでんねん。それに飲み始めると　まるで口が重とうなりまんねん」

「黙秘権やな……　けどそれは　ほんまの酒飲みやいうことや。酒は黙って飲むもんやさかいにな。若山牧水も言うとる。白玉の……（中略）ちゅうてな」

「あぶは、そないな風流知りまへんで……ただ　話するんが面倒くさいちゅうだけでっせ」

「お父ちゃん!!」

父も無口だったが、酒を飲めば結構しゃべったのだから、牧水の名歌とは違う。もしかすると私には、父には飲んでも飲まなくても超然とした男のままであってほしいという願望があったのかなあと思いもするけれど、それもまた、たぶん違う。

私は幼い頃から、朝から晩まで、ただ黙々と、汗まみれになって働く父の姿を見て育った。背中を、ではない。なにしろ零細な鉄屑屋で、住んでいた家が自宅兼ヤード（鉄屑置き場）なのだから、汗だけでなく鉄のサビや油に漬かるようにして働く姿そのものを直接に、この目でだ。

一日の仕事が終わって、酒を飲んでも酔っ払わないでよ、だなんて考えたこともない。いつかは自分もこんな男になれるのだろうかという不安の方が大きかった。何をどうしたって敵いやしないだろうけれど、自分がお酒を飲んだらどうなるかというのはまだよくわかっていなかったから、もしかしたらその点は勝ててしまったりして、などと漠然と思っていた。

どのみち、もはや何らの意味もない。超えるも超えないも、父はとうの昔に死んでしまった。私もただの酔っ払い以上にも以下にもなれなかった。『あぶさん』は長く続き過ぎ、現実のパ・リーグで南海、阪急、近鉄の電鉄系オーナーが軒並み球団経営から手を引いた代りに参入してきたＩＴ系や金融系に席巻されるに及んで作品の世界観そのものが見失われた挙げ句、実在の選手を作中に登場させる手法に対して高額の肖像権料を請求されるケースが相次いで、不本意な終わり方を余儀なくされたと伝え聞く。不人気リーグの魅力を広く伝えた功績に照らして、あまりに寂しい幕引きだった。

大人のシンボルだった酒や煙草にも、いつの間にか、この国の社会のいかにもな安っぽさばかりが染みついてしまったような。


あれは一九九〇年のことだった。新婚で、東京・阿佐ヶ谷のエレベーターのないマンションの四階に住んでいた私は、近所の酒屋さんを通りかかった際、瓶ビール二ダースの配達を頼んだところ、けんもほろろに断られた。階段でなんか運べませんよお、と真顔で冷笑されたのである。これでも商人か。バブル経済も終わりに近づいていたというのに、完全に舞い上がったままでいる。こんな店では二度と買わないと誓ったのも束の間、その店はあっさり潰れ、やがて街中の酒屋という酒屋がコンビニに替わって、あるいはチェーンの量販店がそこかしこに進出してきた。

一九九〇年代の後半になると、警察庁がコンビニを、交番に次ぐ「第二の防犯拠点」または住民の監視拠点と位置づけた。二〇〇〇年七月には生活安全局長名で、合わせて四万店近くを擁する（当時）日本フランチャイズチェーン協会と日本ボランタリーチェーン協会の二団体に宛てて「コンビニエンスストアの地域安全活動への参加推進方策（いわゆるセーフティーステーション化）について」と題する要請文を通達している。それによれば、深夜営業のコンビニは非行少年のたまり場になりやすく、酒や煙草や有害図書等が販売されている現状は憂慮すべきだとした上で、全国に展開しているコンビニエンスストアが、地域住民にとって、便利でしかも頼れる存在として確立され、安全で安心して生活することのできるまちづくりに貢献していただくことが、地域住民から望まれていることと感じております。したがいまして、別紙の通り、「コンビニエンスストアにおいて実施すべき対策」を講じていただき、（後略）

として、〈ATM機を監視することのできる防犯カメラ（引用者注・監視カメラ）等防犯設備の整備〉〈駐車場等店舗周辺に向けた防犯カメラ（同前）の設置、店舗内外からの視認性確保等店舗の構造等に配慮すること〉などとする文言が列挙されていた。ほとんど脅迫のような行政指導だったが、実際、警察の思惑はそのまま現実となり、社会全体の思想潮流とも相まって、一億総岡っ引き化とでも呼べそうな状況が招かれていく。

酒や煙草の販売における年齢確認もこの過程で徹底され、ついにはタッチパネルによる自己申告システムが定着した。お上と、お上にはどこまでも忠実なチェーン店群の組織の論理の前には、大人も子どもも老人も女も男も一律ガキ扱いで何が悪いという社会通念が創られた。

怒り狂う向きは私を含めて皆無ではないものの、所詮は少数派だ。まともな新聞ダネにさえなっていかないのは、カネがカネを生むシステムの脅威的な進歩の一方で、お上や組織の論理とは関係のない領域における大人も老人も女も男も誰も彼も、その人間性や知性の本質が、事実、なるほどガキ同然のレベルに劣化してきた証左ではあるまいか。

いわゆる反知性主義の蔓延の一端だと私は見ているが、多くは語るまい。ともあれ私は、もう自分一人で酒を買いには出たくない。妻に買ってきてもらうか、目下のところは年齢確認を強いられずに済んでいる配達に頼ることにした。健康のためにはよいのかもしれない。

そう言えばコンビニでも年齢確認などなかった頃は、時に買い置きを切らしてしまい、フィニッシュのめどがついた明け方になってビールの仕込みに出かけたりもしていたのだっけ。オヤジ狩りにおびえる必要もなくなって久しいとも言えるが、こんなことまでいいように操られていく自分が恐ろしい。

せっかく本当に旨い酒が全国のどこでも飲めるようになったのに、これじゃあ天国のミッちゃんが泣いている。

どこといって
かわりばえの
しない小さな
酒屋さんが
あります
SUNTORY WHISKY

甲州屋　この左隣が斎藤家

池袋の夜・魔物と暴走の時間

学校に何かの忘れ物をして、夜、取りに行った。小学校の五年生の時だったと思う。私が通う東京・池袋の区立小学校では、この少し前に、高学年の教室が鉄筋コンクリート四階建ての新校舎に移ったばかりだった。古い木造二階建ての旧校舎も半分だけ残されたが、こちらは低・中学年の王国になった。

夜の新校舎はとても怖かった。旧校舎に忘れ物をした時も恐ろしかったけれど、今度は新しい分だけ冷たい感じだし、硬質の床に響く自分の靴音も不気味で、泣きそうになった。

あの時の警備員さんはどうして、玄関の鍵を開けたら持ち場に戻ってしまい、教室まではついてきてくれなかったのだろう。定かな記憶ではないのだが、真っ暗な中を、懐中電灯だけで歩き回ったような覚えがある。明かりをつけて消し忘れられると困るから、とでも言われたのだったか。

池袋の夜は暗くなかった。繁華街からはやや離れた私の家のあたりも街灯が煌々と照らしてくれていたので、少年時代の私はいつもその下で、バットの素振りをやっていた。たまに走ってくる車があると、そのヘッドライトをボールに見立ててスイングした。

だから、夜の暗さが怖いと感じたのは、もしかしたらこの時が初めてだったかもしれない。いや、母に叱られて追い出され、玄関に鍵をかけられたことがあった。家の外で一時間ぐらい大泣きして、ようやく入れてもらえたのだけれども、あの後は何度も夢に見て、うなされた。

ともあれ私が知っていた池袋の夜は、少なくとも表面上あるいは物理的には、実に明るかった。わが家から五分も歩くとキャバレー街で、道行くお姉さんたちが脂粉と香水の臭いを撒き散らしていたから、そのど真ん中にあった銭湯に父と行く時など、ウブな男の子としては、胸のドキドキを抑えられなくて恥ずかしかった。

♪他人のままで　別れたら
　よかったものを　もう遅い
　美久仁小路《みくにこうじ》の灯りのように
　待ちますわ　待ちますわ
　さよならなんて言われない
　夜の池袋

吉川静夫作詞、渡久地政信作曲。一九六九（昭和四十四）年に青江三奈さんが歌って大ヒットした曲は、確かにあの街の独特のムードを湛えていた。ハスキーボイスのミナさん本人がキャンペーンにやって来るとの報が伝えられた日には町内が騒然となり、日頃は堅物の父までが、なんだかそわそわと落ち着かないふうだった。それから四十年ほどが経った後、夫婦でカラオケに行ってこの話をして笑い、『池袋の夜』を選曲したら、当時のいかにもキャバレーっぽい本人映像が現れたのを妻が見て、「女の敵ね！」と睨みつけた。父と私と、親子二代の邪念が見透かされたようで、ゾクッとした。

前記の歌詞は二番である。なぜ一番でないかと言うと、ここに登場した「美久仁小路」というのがまさに、そのキャバレー街の一角に現在まで続く、戦後の闇市ムードたっぷりの飲み屋街だから。ついでに書くと三番には「お酒で忘れる人生横丁」というフレーズも出てきて、これもすぐそばの飲み屋街なので、私は長い間、「俺の街の歌だ」と自慢してきた。

だが最近、少しだけ反省した。やはり池袋の、ただし西口育ちの伊藤一雄さんという方（一九五〇年生まれ）が、『池袋西口 戦後の匂い』（合同出版、二〇一五年）という本を出され、そこで〈美久仁小路も人生横丁も〉どちらも東口である。「池袋東口の夜」なのだ〉と怒っていたためである。作詞家は西口への配慮より語呂のよさを優先しただけなのだろうが、これでも表現者のハシクレとしては、いろいろ考えさせられたことだった。

青江三奈「池袋の夜」レコード・ジャケット

池袋駅東口　撮影／諸河 久　1965（昭和 40）年 11 月 7 日

キャバレー街や美久仁小路のあたりには、同級生たちもたくさん住んでいた。小学二、三年生の頃だったか、その中に「斎藤を殴れ」と私の友人に指図した奴がいたらしい。実行されることはなく、ゆえに友だち関係にヒビが入る局面もなかったけれど、やるせない気持ちは残った。私が気に食わないのなら、自分で殴りに来ればよかったのに。こっちだってただ大人しく殴られてなんかいやしないけど。

とはいえ彼の家庭環境が複雑なのは有名だった。あいつはきっと寂しいんだろうなあ、とは思ったものの、だからといって未熟な身には、「三人で遊ぼうよ」とも言えずじまいだった。

「夜には魔物が潜んでいる」

と、誰かが言った。二〇一五年八月に大阪の寝屋川市で中学一年生の男女が無惨に殺され、別々の場所に遺棄された事件についての報道で、いわゆる識者による発言だ。とりたてて深い意味が込められていたふうでなかった代わり、否定のしようもない正論だと思う。

魔物は暗闇だからいるのではない。二人の中学生が連れ去られたとされる寝屋川駅前の夜も、かつての池袋東口の夜と同じように、人工の光が溢れていた。人間が魔物になったのだ。

池袋は〝怖い街〟として知られていた。たとえば私が子どもの頃から聞いたか知ったかした、あの一帯の戦後重大犯罪史の類だけでも、すぐにいくつかを挙げることができる。

小平事件――一九四五（昭和二十）年から翌四六（同二十一）年にかけて東京とその周辺で発

生した連続強姦殺人事件。逮捕当時四十一歳だった犯人の小平義雄は十件で起訴され、七件が有罪となった。このうち七番目に白骨遺体が発見された二十一歳の女性は、池袋駅で小平に声をかけられていた。

帝銀事件――一九四八（昭和二十三）年一月二十六日午後四時頃、ほとんど西池袋と言っていい帝国銀行椎名町支店に、東京都防疫班の腕章を付けた男が現れ、「付近で赤痢が発生したので予防薬を」と偽り、行員ら十六人に毒薬を飲ませた。うち十二人が死亡し、犯人は現金十七万円余と額面一万七千円余の小切手を奪って逃走。逮捕されたテンペラ（卵黄や膠などを混ぜて作った絵の具）画家の平沢貞通被告には死刑が確定し、無実を叫び続けたまま八七年に獄中で病死した。

西口彰連続殺人事件――一九六三（昭和三十八）年十月に二人を殺害し、逃走中も大学教授などを騙《かた》って三人、合計で五人を殺した男は西口彰（逮捕当時三十九歳）。五人目の犠牲者が南池袋の南にある雑司が谷の弁護士だった。彼から盗んだ弁護士バッジをつけて押し入った熊本県の元教誨師の家で、十歳の娘に見破られて通報された。性的な嗜好とは関係のない、全国を股にかけた大量殺人は異例とされる。

――等々だ。なにしろ戦後の東京の盛り場で最も早く闇市が立ち上がったのは池袋だと言われるぐらいだから（松平誠『ヤミ市　東京池袋』ドメス出版、一九八五年）、この街の風土はよく言えば自由でたくましく、悪く言えば荒っぽい。闇市そのものは東口が一九五二（昭和二十七）年末で、西口が一九六二（昭和三十七）年までにそれぞれ解体されたようだが、闇市の時代のアナーキーな雰囲気は、まだまだ街全体に漂い続けていた。一九七〇年代の後半になっても駅前広場でアコーディオンを鳴らしていた傷痍軍人さんたちの存在も、もちろん一役買っている。

したがって犯罪も、と短絡できるほど世の中は簡単でも単純でもないが、〝怖さ〟は確かに、私のような地元住民も感じざるを得なかった。中学生の頃だけでも、街を歩いていて因縁をつけられたことが二、三度ある。大学に入学した年には、冬休みに運送屋のアルバイトで稼いだ七万円也の入った封筒を、駅前のパチンコ屋で掏《す》られた。もっとも、これは覚えたての雀球（麻雀のルールに準じた遊技機）に夢中になり過ぎた自分自身も悪かったと、今なら言えるが、当時は怒り狂って暴れた。

同じ東京の副都心でも、新宿や渋谷ともどこか異なる、独特の暗さ。なるほど夜の街だ。しつこいようだが、『池袋の夜』はやはり名曲だったのである。

国鉄山手線の駅の北側で東口と西口を結ぶ半地下の狭い通り道（駅南側の大ガード＝通称ビックリガードとは違う）で極真空手の猛者がヤクザ十人を倒したとか、いやボクシングのガッツ石松は十五人だ、無名時代の話だぜ、なんて噂をよく耳にした。本当か嘘かは知らない。

「危ないから西口には行かないように」と親に言い聞かされていた東口の子は、私だけではなかった。闇市の歴史がより長く続いた背景が問題なのか、もっと目の前の、山手線の線路を越えるといきなり広がっていた風俗街からの連想だったか。どちらにしても目クソ鼻クソを笑うの類ではある。西口の子たちはきっと、「東口には行かないように」と言われていたのに違いなかった。

そもそも地名からして変だ。前出『池袋西口 戦後の匂い』によれば、その由来は結局、〈わからない〉。だが二つの説があるのだとか。〈袋のようなかっこうをした池があったからだとする説があるが、その池についてもどこの池であるか争いがある。川が袋のように取り囲んでその内側は湿地であったために名づけられたとする説は柳田國男の一般的な説に一致する〉という。私の母は湿地の方に近い説を唱えていた。どうしてそんな場所に住んでるの、と尋ねると、「あんたのおじいさんがおばあさんと駆け落ちして、埼玉から出てきたのがここだったのよ。武蔵野鉄道（現在の西武池袋線）の終点でしょ」とのことだった。

どうせわからないのでは無意味な議論だが、ここ数年しばしば語られる、「沼」や「窪」がつく地名の土地は地盤が緩い、などという説に照らすと、ますます追究したくなくなる。独特の暗さは、早い話が場末のイメージにも通じていた。これも『池袋の夜』と同じ年の大ヒット曲『真夜中のギター』の千賀かほるさんが、五年ほど後の池袋に招かれて来た際の、件の半地下の通り道に掲げられたキャバレーの看板には、しばし茫然とさせられた。

あれきり表舞台から消えた元スターの孤独が伝わってくるようで。「♪街のどこかに 淋しがり屋がひとり―「愛を失《な》くして なにかを求めて さまよう」なんて歌ってたのが悪かったんじゃないか、などと思った。私は高校生になっていた。

そんな池袋に、あの大推理作家の江戸川乱歩が、一九六五年に亡くなるまでの三十年間も暮らしていたそうだ。犯罪の匂いが刺激的だとでも考えたのだろうか。西口の立教大学のそばで、作品にも登場したふうな洋館と書庫のあった土蔵が、現在は公開されている。

大乱歩が棲んでいた、関係ないけど漫画家の手塚治虫や藤子不二雄、石ノ森章太郎、赤塚不二夫らを輩出した椎名町のアパート「トキワ荘」だって、帝銀事件と一緒で西武線の最初の駅なんだから、〝グレーター池袋〟みたいなもんだ。その割に池袋が〝文化の街〟だと褒められることはないなあと嘆いたのも今は昔。

西口の駅前に東京都の総合芸術文化施設「東京芸術劇場」が建った（一九九〇年）こともあってか、近年は「池袋モンパルナス」なる形容が盛んに語られる。聞けば適当な造語ではなく、もともと大正期から空襲で焼き尽くされるまでの西池袋、椎名町、千早町、南長崎、要町の一帯には多くのアトリエ兼住宅が集積し、画家をはじめ音楽家や詩人、作家たちの活動の拠点となっていて、そう呼ばれたのだという。乱歩先生が越してきた理由も、案外、犯罪云々というより「池袋モンパルナス」のムードに惹かれて、ということだったのだろう。

言うまでもなくエコール・ド・パリの時代に芸術家たちが集まったセーヌ川左岸の一角にあやかった形容だ。池袋を新しい芸術観光スポットにしたいとの商業的思惑が「池袋モンパルナス」の再評価に繋がったらしいが、今さらその種のキャッチコピーが与えられると、元住人としてはいささか抵抗を感じる。

闇市や美久仁小路やスガモ・プリズンや、私の家の周りの自営業共同体や、そんなものの何もかもがごった煮になっていてこその池袋文化ではないか。あの頃にたまたま見たタウンガイドで、「ここにはちゃんとした喫茶店が本格コーヒーを出す『小山珈琲店』と名曲喫茶『コンサートホール』しかない、文化が根付かない街だ」みたいな書かれ方をしていたのが懐かしい。何もわからない奴は池袋のことなんか書くなよ、とクスクス笑った。もっとも近年の池袋東口にはアニメグッズや同人誌の専門店が林立し、全国有数の〝オタクの街〟と化している。特に一部の女性が好むとされる男性同士の恋愛（ボーイズ・ラブ）物を取り扱う店が多いことから、「腐女子の聖地」と呼ばれているらしい状況は、漫画は好きでもその方の趣味のない私にはなんだか悲しいが、これはこれで、かつての闇市の街のいかにも現代的な変容ではあるのかもしれない。なお味と伝統を誇った二つの名店はいずれもこの間に消滅している。

夜の街・池袋の混沌に愛着の深い私だが、冗談では済まないこともまま起こる。一九九七年の九月には、少年時代の私が通ったお菓子屋さんの建物で、山口組系暴力団内部の抗争に伴う発砲事件が発生した。ビルの上層階にあった旧組事務所のドア付近に五発の弾丸が撃ち込まれたという。そこからは至近距離のわが母校がしばし休校を余儀なくされたという報には、ただ、ただ後輩たちの無事を祈るしかなかった。

先に寝屋川市の事件を引き合いに出した。子どもにとっての夜というものを考えてみたくなったキッカケだからだが、池袋の発砲事件の概要を紹介するのに検索した新聞のデータベースで、嫌な偶然に気が付いた。発砲は同じ日に同じ抗争の流れで、寝屋川市でも二件、起っていたのである。

拳銃が相手ではどうにもならないが、怖いものは何が何でも克服するのが男だと、少年期から青年期にかけての私は思い込んでいた。街で因縁をつけられた屈辱に対しては、中学生のうちに池袋の西口にあった極真空手の本部道場に通い出したものの、たちまち挫折する。かえって募ったコンプレックスを、大学生になってから今度はどうにか泣きながらだが必死に通って、最低限の格好だけはつけて収める二度手間になった。

夜の学校で怯えた恥についいては、私自身が警備員のアルバイトをすることで晴らそうと決めた。夜の学校を支配してやろうじゃないか。夏休みや冬休みには本職も数日間の休みをとるので、その間にはバイトの口があるのだと、友人が教えてくれた。

大学の一、二年生のうちに、東京都内の小学校の臨時警備員を四、五回ほど。バイトの夜は本来、おおむね次のようなスケジュールだったように思う。

午後三時頃に指定された学校に入って、事務職員さんと引き継ぎ。夕食は弁当を持っていくのが原則。警備員室にはガス台もあるが、火は使わないに越したことはないからだ。

確か七時、十時、二時、四時の四回だったか、一晩にそれぐらいの頻度で、校内をくまなく懐中電灯で警戒して回る。電灯をつけないのは、賊に用心させないためか、学校の周辺で生活する人々への気遣いか、特に説明された覚えはないのだが、とにかくそういうルールだった。かつての私が新校舎に忘れ物を取りに行った時のあやふやな記憶が間違いなかったとしても、それは何も警備員さんの意地悪ではなかったようだ。

この際、引き継ぎで渡された「巡回時計」を携帯しなければならない。校内の主要な場所に隠してある鍵をこいつに差し込むことで、時計に仕込んだ記録紙に巡回の証拠が刻印されるメカニズムになっているのだから、言われなくても忘れるバカはいないけれども。

さて、では、実際にはどうしたか。私は煙草を喫わない。インスタントラーメンを作るのにお湯を沸かしはしたが、火の面ではたぶん、他のどんなバイト学生よりも安全だったに違いない。ただ、広い空間を独占できるのが嬉しくて、ビールや日本酒も持ち込んだのがよくなかった。時には友人たちを集めて、明け方まで飲んだ。体育館に体操のマットを敷いての酒盛りだけは、さすがにやり過ぎだった。

酔っ払って校内の巡回はできないし、危険だ。だから飲む前にまとめて四周した。巡回時計の記録紙にちょっとした細工を施すと、その程度のイカサマは造作もなかった。

夏休みの警備員をしていた学校では、酔った勢いでプールの鍵を開け、着ている物を全部脱いで飛び込んだ。素っ裸で気持ちよく泳いでいると、投光器（というほどのものではなかったが、懐中電灯の光よりははるかに強力だったように思う）で照らされて焦った。

光源は上空にあった。隣接していた私立の小学校の屋上。これはとんでもないことをしでかした、ヘタをしたら変質者扱いでブタ箱行きかもと慌てて、「学校警備のバイトです！　すみません、あんまり暑いんで」と大声で叫んで事なきを得たのだったが、これもまたひど過ぎる。若気の至りよと長く酒の席での笑い話にしてきたエピソードは、こうして文章にしていくと、自分がいかに軽佻浮薄な大馬鹿であるのかを白状してしまっているようで、つくづく恥ずかしくなってきた。

とてもではないが笑えない。慙愧の念に堪えない。神様、どうか、お願いですから許してください。

幸いにして、私が警備員をした学校では、特段の事件は何も起こらなかった。お化けも出なかった。ラッキーだったとしか言いようがない。何かあったらどえらい責任問題になっていた。

勝手なことを言わせてもらえば、それでも私は、学校警備のアルバイトで、とても大切なことを学んだ。私自身の暴走とは無関係の話だ。

どこの学校の警備員室にも六法全書が備えられていた。事務所の警備の仕事に必要だとは思えなかったので、引き継ぎの時に事務職員さんに理由を聞いてみたことがある。

「それはね、うちの警備の人が司法試験浪人だからなんだ。よその学校にもあったって？　まあね、たくさんいるんだよ、そういう人。いつまで経っても受からないまま所帯を持って、夫婦で警備員室に住み込んじゃってる人も少なくない。

人生、なかなか思い通りに運ぶもんじゃないってことだよね。学生さん、あんたも大変だよ、これから」

そのとおりだ、と思った。その警備員さんたちが休むから私はアルバイトをさせてもらえるわけで、直接に会う機会はほとんどない。だから浪人と言っても、どういう人が、どこまで本気なのかも何もわからないのだけれども、それはそれ。とにもかくにも自分の知らないところで、いや、誰も見ていないところでも、それぞれに頑張っている人がいるんだって肝に銘じておかなくちゃ、と。

……だったのに、どうして私は、そんな場所でまで……。

きりがないのでもうやめる。今の学校警備のシステムがどうなっているのかは知らないが、世間はあまりにも広く、自分が理解できていることなど、その中のけし粒ほどでさえありはしないということだけは、変わっていないはずなのだ。

主に少年犯罪の動機をめぐる報道で、「心の闇」という表現が多用され始めたのは一九九七年で、二〇〇〇年代に入って以降はごく普通の語彙となったかのように頻用されているそうだ（鈴木智之『「心の闇」と動機の語彙』青弓社、二〇一三年）。あまりに紋切型だし、そう言ってしまった時点で思考停止の宣言みたいに思えたのとで、絶対に使わないよう心がけてきたのだったが、本稿を綴っていくうちに、いつの間にかやや近い似た発想に陥りかけている自分自身に気がついた。

だが私は、特定の個人の心理を捉えて「夜の魔物」呼ばわりするつもりはない。いや、そのようなニュアンスも少しは含まれざるを得ないのかもしれないが、私としては相手を排除したり、その人に対する関心を持つこと自体を放棄する意図などなくても、何もかもを理解できるはずもない不特定多数の人間が、それぞれの思惑で交錯する「場」であり「時間軸」なのだといった意味合いを強調したい。

「夜のしじま」とか「夜のとばり」といった表現が、私は好きだ。美しいけど怖い。怖いけど美しい。魔物が現れる時間帯ならでは導かれなかったに違いない言葉だと思う。

池袋の夜には一見、しじまもとばりもなかった。だが夜の本質は、人工のネオンサインや街頭ごときがどうこうできるものではあり得ない。

子どもを夜の世界に迷い込ませてはならない。どんな時代になろうとも、夜はぐっすり眠るのが子どもの義務。その子どもたちを魔物の手から守ってあげるのが大人の義務である。

非効率分野に「選択と集中」のシナリオ

二〇一〇年代の半ば頃から、各地の繁華街で、スナックのママたちが逮捕される事件が相次いでいる。札幌市や長崎市のような観光地で特に目立つ。店や自宅を家宅捜索され、パソコンや売上伝票、確定申告書類を押収されるのが常であり、中には罰金百万円を奪われ、二週間も拘留されて、廃業に追い込まれる店も少なくないという。

かなり恣意的な摘発が横行しているらしい。関係者の話を総合すると、彼女らの店の多くは風俗営業法（風営法）の許可を取っておらず、「接待」は不可とされる「深夜酒類提供飲食店」営業開始届出書を公安委員会に提出しているだけで〝接待〟を行ったのが法律違反だとされるケースが大半という。

池内さおり衆議院議員（共産党）の問い合わせに対する警察庁の回答では、二〇一五年における警察の「酒類提供飲食店」への立ち入り件数は全国で一万九〇六八件（うち「深夜酒類提供飲食店」は一万六二六八件）だった。一一年からの五年間では九万九一二七件（同八万三九〇七件）、送致に至ったものだけを取り出しても二〇三三件（うち「身柄付送致」は一三二〇件に上っている（『全国商工新聞』一六年十月十日号）。

法的な手続きの瑕疵《かし》が問題なのではない。風営法の許可があると「接待」が許され、なければ許されない。ただし前者にはそれと引き換えに営業時間の制約（午前零時まで）が伴う。後者は深夜に営業しても構わない。問題は、では何をもって「接待」とするのか、その判断は常識に照らして妥当か、といった点である。

風営法の定義には、〈歓楽的雰囲気を醸し出す方法により客をもてなすこと〉とあるのみだ。摘発のモノサシは警察庁生活安全局長の通達「解釈運用基準」になる。国会審議を経ていない内容は多岐にわたるが、スナックママの逮捕に関わるのは、主に「談笑・お酌等」と「歌唱等」の項目である。

通達によると、それぞれは〈特定少数の客の近くにはべり、継続して、談笑の相手となったり、酒等の飲食物を提供したりする行為〉および〈特定少数の客の近くにはべり、その客に対し歌うことを勧奨し、若《も》しくはその客の歌に手拍子をとり、拍手をし、若しくはほめそやす行為又は客と一緒に歌う行為〉となっている。とりわけ前者の解釈は容易でない。

〈はべる〉は従来、「客の隣に座る」ことだと理解されていたのだが、これを逆手に取ったガールズバーのぼったくりが横行して、警察の解釈が拡大された。近年は「ある程度の会話があればカウンター越しでも接待行為に当たる」とされるのが常だという。「ある程度」に明確な線引きはなく、店員が女性でなければよいということにもならない。

札幌・ススキノの事情通氏が私に語った。

「風営法の目的は、もともと性風俗産業の規制でした。ところが改正を重ねるたびに対象が広くなり、最近では性風俗よりも飲食店が辛く当たられている有り様です。でもね、スナックというのは二次会、三次会で行くものでしょう。深夜に閉めてしまうのでは商売になりません。しかも風営法の許可を取るには、行政書士の費用を合わせて二十五万円はかかる。だから取らないママが多いのですが、いくら違法にならないよう努めても、お客とまったく話さないわけにはいかないし、お酌を迫られることだってあるじゃないですか。

そりゃあ、いかがわしい店なんて存在しないとは言いませんよ。ただ、圧倒的多数は真面目なママさんで、不審な客が来ると警察に通報するような人たちです。私の知っている店の九割は警察官の常連を抱えている。真っ当な店だと知ってくれてるはずなのにと、皆さん、泣いて訴えますね。裁判を起こせば勝てると弁護士さんは言うのですが、警察と揉めて営業を続けていけるわけがないから、みんな泣き寝入りしているんです」

違法は違法だという考え方もあるだろう。ネット掲示板やツイッターでの誹謗中傷に見られるように、やたら他人に居丈高な人が激増した感のある近年の風潮では、警察寄りの発想のほうが、むしろ支配的になってきているのかもしれない。

だが事情通氏は、「やり方が汚すぎる」と言った。彼は「初めての客がスマホで店内の写真を撮ったり、外に電話をかけたりした直後に警察が入ってきた。囮《おとり》捜査ではないのか」といった声をいくつも聞いている。たまたま店に居合わせた夫婦連れが、警察官に「売春だろう」と罵声を浴びせられた事例もあったという。

何よりも、「まず立ち入りありき」の姿勢があからさまだ。一九八四年に風営法が改正された際の、参院地方行政委員会による〈立ち入りの行使はできる限り避けることとし、なるべく公安委員会が求める報告又は資料の提出によって済ませるものとする〉という付帯決議は、存在しなかったも同然になっている。前記の衆議院議員の問い合わせに対する警察庁の回答によると、二〇一一年からの五年間に警察が「酒類提供飲食店」に「報告又は資料の提出」を要求した件数は、わずかに三百二十四件（うち「深夜酒類提供飲食店」は二百四十六件）でしかなかった。同じ五年間で十万件近くを数えた立ち入り件数と比較されたい。

事情通氏が続けた。

「どうして、そこまで……と誰でも思う。ひとつには二〇一〇年代になって各都道府県が次々に制定した暴力団排除条例の影響で、犯罪の情報が取れなくなった警察が、スナックのママたちを、かつての暴力団員らに相当するネタ元に仕立て上げようとしている実態がある。税務署への課税通報（捜査の過程で浮上した税逃れの疑惑を伝えたり、資料を流すこと）をチラつかされて、ネチネチやられるわけですね。それに二〇二〇年東京五輪を控えたテロ対策の大義名分も、警察を強気にさせています」

きわどい話を長々と綴ったのには訳がある。私たちの棲む「街」は、こんな形でも壊されているように思えてならないからだ。風営法の許可取得を促す結果ももたらす捜査と、警察OBの多い行政書士のビジネスとの関係は、必ずしも明快でない。またススキノの事情通氏が語ったような、スナックママのリクルート活動が事実とすれば、〝マイナンバー〟制度や「共謀罪」制定に向かう政府の動きとも合わせて、そのまま密告社会への一里塚になってしまう。

論点は山ほどある。だが本書では、そうした私の定番テーマとは異なる思いを語りたい。

大学の商学部生だった一九七八年頃、「流通暗黒大陸論」という俗説を知った。特段の学習意欲もないのに選択した「マーケティング論」の授業で、講師に聞かされたのである。

もともとは経営学者のピーター・F・ドラッカー（一九〇九―二〇〇五）が六二年に発表した論文の、「流通は米国のビジネスで最も疎かにされている問題で、ナポレオンの時代の人々にとってのアフリカ大陸と同じぐらいしか知られていない。それだけに将来は最も希望の大きな分野だ」とする旨の議論から生まれた表現だったという。一九七〇年代の日本では、中小・零細経営の多い流通業界は非効率で生産性が低いためインフレの元凶になっており、脱税の温床でもあるに違いないので政府は再編・統合に向けた政策を急ぎ、可及的速やかに「流通革命」を推進していかなければならない、という理屈に繋げられていたと記憶している。今日における中小零細店舗の激減と、それと裏腹の関係にあるGMS（大規模小売店舗）やコンビニエンス・ストア・チェーンの隆盛、あるいはロジスティックスの発展などは、まさにこの流れの延長線上にあった。なるほどなあ、とは考えつつも、しかし、当時の私はそこはかとない腹立たしさを感じた。なぜそう思うのかは自分でもよくわからなかったのだが、長じてジャーナリズムの仕事を続けているうちに、何となく得心した。そして現在は自信を持って言える。

アフリカや流通業に対して「暗黒大陸」なる烙印が与えられる時、そこには単なる状況分析を超えた、根深い差別意識が込められていた。私はそこで、「お前らが暗黒呼ばわりするところでだって、人間は生きている。暮らしがあるんだ」といったふうな反発心を抱いたのだと思われる。おいちょっと待て、ふざけんな、と。

進歩を拒否する下等な感情だ、云々の軽々しいご託宣はやめておいてもらいたい。私が生まれ育った池袋の実家だって零細中の零細事業だ。町工場などで発生した鉄屑を買い取り、電気炉のある製鋼所に転売する流通業の一種なのだから、彼ら流のロジックでは、私の家族などはまさにその「暗黒大陸」を形成している無駄そのものだということになってしまうではないか。

上からの〝革命〟など安易に起こされては、一家はたちまち路頭に迷う。仮に経済学的には不可避の方向性で、一定の政策的措置もやむを得ないのだとしても、そこには人としての嗜《たしな》みが伴わなくてはならない道理だ。積極的に潰されてはかなわない。同業者や、池袋の街の他の商売の人たちも、みんな一緒である。

人間の尊厳を重視したと言われるドラッカーが、自らの論文にほとんど差別語を用いたとは考えにくい。「暗黒大陸」というのは、巨大資本の利益に連なる立場の人々が、前近代的な流通業のあり方に人々の関心が払われていない、とした彼の一般論を都合よく歪めた、品性のない符丁ではなかったか——。

この程度の自意識を、どうして私は学生時代から明確に知覚できていなかったのだろう。あの頃の自分の未熟を思い出すと、今でも恥ずかしくてならなくなることがある。

ところが現実の政策は、確かに「流通暗黒大陸論」を所与の大前提とした「流通革命」のシナリオに沿って運ばれていき、その通りの世の中になった。もちろん流通の領域だけでは留まらない。経済社会のすべてがだ。

一九八〇年代に上陸してきた新自由主義経済学や、これに基づいた今日に至る行財政改革・規制緩和・構造改革の奔流のことである。生産性向上の生け贄に、夥しい人々の生業《なりわい》が奪われた。殊に消費税である。一九八九年に三％の税率で導入され、現在は八％、二〇一九年十月には一〇％に引き上げられようとしているこの税制は、財務当局やマスメディアが喧伝しているようには公平でもシンプルでもない。市場経済である以上、納税義務者である年商一千万円超の事業者が商品やサービスの価格に税金分を転嫁できるかどうかは、その時々の景気動向、というより顧客との力関係次第。売り手市場なら実質的な負担は教科書通りに買い手が負うが、買い手市場なら売り手が自腹を切らざるを得ないのだ。

たとえば近所で安売りスーパーにオープンされてしまった小売店が、増税分を値上げできるか？　大手の工場に部品を卸している町工場が、増税分を上乗せした請求書を取引先に持っていくことが現実的か？　という話だ。目下のようなデフレ下で、いや、おそらくは経済のグローバル化が進み続ける限り、そんな〝過ち〟を犯せば確実に消費者は離れていくし、得意先には切って捨てられる。

消費税には他にも、一般には知られていない異様な実態が珍しくもない。輸出産業には事実上の輸出奨励金とも言うべき消費税の還付があるとか、企業は非正規雇用のウェイトを高めて「仕入れ税額控除」の制度を活用すると人件費の削減だけでなく節税効果を得られてしまう、等々。価格競争力の強くない、ということは主に中小零細の事業者が赤字でも徴収される無理筋の税制なので、毎年、すさまじい金額の滞納が発生してもいる。だから私は、それやこれやの構造的な問題をルポした拙著『消費税のカラクリ』（講談社現代新書、二〇一〇年）に、ここまで書いた。

消費税とは弱者のわずかな富をまとめて強者に移転する税制である。負担対象は広いように見えて一部の階層がより多くを被るように設計されているし、中立的などではまったくなく、計算も複雑で、徴税当局の恣意的な運用が罷り通っている。大口の雇用主に非正規雇用を拡大するモチベーションを与えて、ワーキング・プアを積極的かつ確信犯的に増加させた。税収は安定的に推移しているように見えても、その内実は滞納額のワーストワンであり、無理無体な取り立てで数多《あまた》の犠牲者を生み出してきた。納税義務者にしてみれば、景気の後退イコール競争のさらなる激化であり、ということは切らされる自腹のとめどない深まりを意味している。

これ以上の税率引き上げは自営業者の廃業や自殺を加速させ、失業率の倍増を招くこと必定だ。社会保障費の大幅な膨張を求める税制を、同時にその財源にもしようなどというのは、趣味の悪すぎる冗談ではないか。

私はこの『消費税のカラクリ』を書き下ろしていた二〇一〇年の初夏、あるインターネットテレビの番組に出演して、消費税の以上のような問題点を話した。すべて現実なので同席していた社会保障の専門家として知られる東京大学の教授にも間違いだとは言われなかったが、「でも、あんたが主張するように増税しないでいたら、日本経済の生産性は低いままじゃないか」と反論された。増税の本当の目的は社会保障の充実などでは決してなく、実は零細な事業、とりわけ自営業の撲滅にあると悟らされた瞬間だった。

はたして消費税率の引き上げが国会で審議されていた二〇一二年の春、私は鳩山由紀夫元首相も出席する民主党の勉強会に招かれて、やはり同様の意見を述べた。わかってくれた人は多かったし、鳩山氏もそんな感じだったのにはちょっぴり安堵もしたが、ここでも参加していた経済学者に、「ではあなたは、生産性の低い事業者を保護することで反対に生産性を上げようとしている企業の負担を高め、努力に対してペナルティを課そうというのですか」と噛みつかれたのが忘れられない。

今や経済学の主流となった新自由主義経済学のセオリーだけに従えば、そのような論法こそが自然なのだろう。だが私は、この人たちは大企業や大学や政府に所属していない人間の人生を、人間社会を、いったい何だと思っているのだろうと考えてしまい、やりきれなくなった。

「ゾンビ企業」という蔑称が多用されるようになったのは、これより少し前のことだったろうか。〈利益を生まないにもかかわらず、メインバンクから債権放棄、金利減免などの延命装置を提供されて存続した〉企業のことである(渡辺努・植杉威一郎編著『検証　中小企業金融──「根拠なき通説」の実証分析』(日本経済新聞出版社、二〇〇八年)。日本経済の効率性が低下したのは、金融機関とのズブズブな関係に依存する「ゾンビ企業」が市場に残り、新規企業の参入を阻害してきたせいだという定説は、それはそれで正しいと思う。

いかにも下品なスラング「ゾンビ企業」は、政府の各種審議会の席などでも頻出する。多くの場合、中小・零細企業の非効率性を強調し、政策的な淘汰を進めようとする文脈で用いられているようだ。

だが、中小・零細企業＝ゾンビ企業とでも言わんばかりの立論は、そもそも成立し得るのか。先入観や思い込みでしかないのだとしたら、これが前提とされた議論は、百害あって一利もないことになる。

『検証　中小企業金融』は、そんな問題意識を満足させてくれる研究書だ。六人の経済学者やエコノミストが各章を分担して執筆された書物だが、編著者である渡辺努・一橋大学経済研究所教授（当時）と植杉威一郎・一橋大学経済研究所准教授の両氏は、終章「中小企業金融の実像と将来像」で、全体を次のように総括している。

> 本書における検証の結果によれば、日本の中小企業金融は、他国に比して特に関係依存型だとはいえない。まず、第4章が示すように、金融機関が取引年数を重ねて私的情報を得たとしても、それによって、借り手企業の資金調達可能性が高まる、借入金利が低下するといったことにはなっていない。（中略）
>
> 次に、関係依存型金融の負の側面である追い貸しの存在の有無を第3章で検証したところ、日本の中小企業では、追い貸しではなく、むしろ貸し渋り・貸しはがしが起きていたことが示された。金融機関のバランスシートが毀損し、貸し出しを通じた経路、取引先の紹介といったそれ以外の経路の両方を通じて、中小企業の設備投資や雇用に制約が加わったのである。さらに、第1章、第2章でも、金利と事後的な企業のパフォーマンスやデフォルトとの関係を調べることにより、中小企業では、追い貸しによる不採算企業の延命という事象が平均的には見られていないことが示された。

ならば「ゾンビ企業」はどこに存在するのか。真実は俗説の対極にあるらしい。小川一夫・大阪大学教授による第三章「貸しはがしの影響は深刻だったのか」によると、〈「追い貸し」行動は、本章の対象とする中小企業については観察されず、大企業に限られた現象のようである〉。金融機関の経営状態が悪化しても、大企業との関係がすぐに弱まることには直結しないからである。当たり前と言えば当たり前の結論だが。

すべてを勘案して、終章は論じていく。一般の認識とは違って、中小企業金融はおおむね効率的に機能しているし、市場からの退出も合理的に進んできた。金融機関は特定の分野に集中して企業との密接な関係を築き、長期的な視点に立った金融を提供する、(よい意味での)関係依存型金融の「選択と集中」を行うべきだとして、

単純に考えれば、効率的なものをより効率的にすることよりも、非効率な部分を効率的にすることで得られるビジネスチャンスの方が大きい。関係依存型金融の選択と集中の対象になるのは、これまで非効率だとされてきた分野であろう。

破綻だけに注目して企業の退出を考える場合、その過程は、パフォーマンスの低い企業が退出し高い企業が存続するという意味で、効率的に機能していることを示した。一方で、自主廃業も含めて考えると、多くの業種で、企業の退出過程は、生産効率の高い企業が退出し

低い企業が存続するという意味で、非効率になっていることも示した。破綻する可能性が低くて貸出先としては安全だが利ざやは低い企業に貸すよりも、パフォーマンスが高いにもかかわらず事業承継がうまくいかない、経営者が高齢で将来に漠とした不安があるといった理由から自主廃業しようとしている企業に対して、後継者探しも含めて事業継続のための手立てを講じ、存続させた上で貸し出しを行う方が、成功した場合の利益は大きいだろう。

（傍点はいずれも引用者）

通常は弱い者いじめの正当化にばかり使われがちな「選択と集中」も、この用語自体に罪があるのではないと気付かせてくれた、嬉しい指摘だった。言葉の持つ意味は、使う人間次第で、どうにでも変わり得るものなのである。

『検証　中小企業金融』は、商工中金系のシンクタンク「商工総合研究所」の「中小企業研究奨励賞」本賞も受賞した（二〇〇九年度）。本書が反権力的な姿勢の出版社ではなく、日本経済新聞社系の版元から刊行された事実にも注目されたい。

『私たちが拓く日本の未来』の主権者

選挙権年齢が十八歳に引き下げられた。二〇一五年六月の国会で全会一致により可決・成立した改正公職選挙法の定めで、翌一六年七月の参院選からスタートした。終戦直後に婦人参政権が認められ、男女とも二十歳以上の成人が選挙権を得て以来の、七十年ぶりの大改革となったものである。

二〇一四年頃の世論調査では、十八歳選挙権に対する賛否がほぼ拮抗していた。ところが、これはグローバル・スタンダードなのだと伝えられ、大多数のマスコミが「若者の政治参加」の意義を強調するにつれて、反対論は遠ざけられていく。国会審議も無風で、反対する政党は現れなかった。

不安でならない。もともと二〇〇七年に制定された「憲法改正国民投票法」が投票年齢を十八歳に定めており、ただしその通りに実施するためには選挙権年齢の引き下げが前提だとした附則があったために浮上した話だ。国際標準がどうのというより、十八歳選挙権とはまず何よりも、憲法改正手続きの前段として、ここにあるのである。

実際にも公選法改正法案は、二〇一四年六月に社民・共産両党を除く与野党八党の賛成多数で可決・成立した改正憲法改正国民投票法を踏まえて提出されている。後者は四年後の一八年六月以降に行われる国民投票の投票権を満十八歳以上と予定したもので、ということはすでにこの段階で事実上、十八歳選挙権も決定されていたことになるわけだ。

十八歳では投票に必要な判断能力が育っていない、などと批判したいのではない。そんなことを言い出せば、今までの二十歳だって、成熟とはほど遠かった。スマホゲームに熱中した中高年が連日のように他人にぶつかったり駅のホームから転落したり、交通事故を起こしまくっている状況に鑑みれば、そもそも有権者に（候補者にもだが）ふさわしい大人が、この国に存在しているのかどうかも怪しいと思えてくる。若者の関心を政治に向ける起爆剤に、とマスコミは口を揃えるけれど、二十歳は駄目だが十八歳は素晴らしいとでも言いたげな論調は、どう考えてもおかしい。

十八歳には十八歳特有の問題もある。彼らの多くが高校三年生だということだ。たいがいの生徒が進学か就職か、とにかく進路を決定しなければならない時期である。そんな時に、たとえばラインやツイッターの類《たぐい》で、「与党に投票しないと不利になるらしいよ」などといったふうな〝情報〟が、まことしやかに撒き散らされでもしたら――。

恐ろしい。私自身も定職に就くまでは、絶えず志望先の顔色を窺うような学生でなかったと言ったら嘘になる。若者が保守的になりがちなのは今に始まった現象ではない。現代のネット社会における同調圧力の強烈さは、しかも私の学生時代とは比較にならないのだ。

東京都内の大学で一コマだけの講師役を務めた際、質問に来た学生に話してみたら、「その手の誘導は必ず起こると思います」と返された。どうしてそう思うの？　と尋ねると彼は、「僕も少し前までネット右翼でしたから。大人の人にすごく叱られて、とにかく自分で頑張ることを第一にしましたけど。あのままだったら、間違いなく〝情報〟を流す側に回っていたでしょう」。

文部科学省は今回、高校生の政治活動に大幅な制限を課している。二〇一五年十月に文部科学省の初等中等教育局長が各都道府県と基礎自治体の教育委員会、および都道府県知事などに宛てた通知「高等学校等における政治的教養の教育と高等学校等の生徒による政治的活動等について」（以下、一五年通知）で、次の三項目に関して禁止または生徒への「適切な指導」を求めた（以下、引用者による要約）。

一、授業のみならず、生徒会活動や部活動など授業以外の教育活動の場を利用した選挙運動や政治的活動の禁止

二、放課後や休日でも、学校構内での選挙運動や政治的活動は、施設の管理や他の生徒の学習活動への支障、その他学校の政治的中立性の確保等の観点から、制限または禁止

三、学校構外での選挙運動や政治的活動は、違法なもの、暴力的なもの、その惧れが高いと認め

られるものについては、制限または禁止。また本人および他の生徒の学業や生活等に支障があると認められる場合や、生徒間に政治的対立が生じるなどして学校教育の円滑な実施に支障があると認められる場合は、必要かつ合理的な範囲内で制限または禁止を含めた適切な指導が求められる。

世評は、特に体制に従順でない立場の人々の評判は悪い。これほど厳しく制約されるのでは、何のための選挙権年齢引き下げか、というわけだ。確かにこの文書は、一方で十八歳以上の生徒の選挙活動は各自の判断で行うもので、高校側にも尊重するよう念を押しているだけに、矛盾が目立つ。

しかも文科省は、この通知と引き換えに、一九六九年以来高校生の政治的活動を禁じてきた初等中等教育局長通知「高等学校等における政治的教養と政治的活動等について」（いわゆる六九年通知）の廃止も謳っていた。にもかかわらず、実質的には何も変わっていないと言えるからである。

私には、しかし、一五年通知をストレートには批判できない。六九年通知に対する視座とは正反対の意味で、である。

六九年通知の背景には、学生運動の高まりがあった。それは大学から高校にも広がり、各地の高校生が集会やデモを展開し、学校をバリケードで封鎖したり、機動隊に火炎ビンを投じていた。数年後に私が入学した都立高校にも拠点校の一つだった時代の残り香は漂っていて、私自身はまるで無関係だったのだが、やたら反抗的な生活態度に紛争当時の記憶を呼び覚まされたらしい先生方には、何かと目の敵にされた。

つまり六九年通知は、「政治の時代」にあって権力が高校生の反体制運動を押さえつけるために発せられた。だが時代が下って「反知性主義の時代」となった現状では、仮に一五年通知なりせば、高校はネット右翼の牙城になってしまうのではないか。

自然発生的に、ばかりでもない。自民党青年局は十八歳選挙権が決定されて間もない頃、各大学の学生らに働きかけて、「自民党サークル」を創設させたい意向を公にしたことがある。実行されたかどうかの続報は目にしていないが、方針に変更がなければ、大学だけに留められる理由はない理屈だ。ちなみに政権与党による学生の組織化は、野党のそれとは根本的に意味が異なること、改めて指摘するまでもない。

誰もがそれぞれの生活体験に根差して政治を考える。私が戦争を軽々しく肯定したがる人間を許せないのも、畢竟《ひっきょう》、私なりの歴史があるためだ。格差と貧困にまみれた現代の高校で、政治の議論に深入りすれば生じ得る生徒間の感情的対立は、半端でないレベルにも発展しかねない。絶えずネット上に誹謗中傷が溢れている世情においては、十八歳選挙権で加速が見込まれるネット選挙もいじめの温床になっていく危険を孕む。選挙権が付与されるのは十八歳の誕生日からなので、同じクラスに選挙権のある子とない子が共存することになる現実も不安定要因だ。場合によっては、教育現場そのものの存立に関わる気がする。

諸外国の実情は知らないが、少なくともこの国では、十八歳選挙権という制度自体に無理があるのだ。事ここに至ってしまった以上、文科省の思惑がどうであれ、したがって私には、一五年通知にある高校生の政治的活動に関する記述も、とりあえずの「防波堤」として、受容するしかないように思われるのである。

さて、「主権者教育」である。十八歳選挙権をめぐる以上のようなあれこれを考え始めていたタイミングで、私はある地方の教育団体に、「十八歳選挙権で教育に何が求められるか」の演題で講演を依頼され、直ちに想起したのが、このテーマだった。

珍しくもない連想で恐縮。実際、二〇一六年参院選の前後から、その重要性が至るところで叫ばれてきた。従来はこの用語を使いたがらずにいた文科省も一五年十一月には「主権者教育の推進に関する検討チーム」を設置。一六年三月には中間とりまとめを公表し、主権者教育の目的は〈単に政治の仕組みについて必要な知識を習得させるにとどまらず、主権者として社会の中で自立し、他者と連携・協働しながら、社会を生き抜く力や地域の課題解決を社会の構成員の一人として主体的に担うことができる力を身に着けさせること〉だとしている。

文科省はまた、総務省との共同で、この趣旨による副読本『私たちが拓く日本の未来――有権者として求められる力を身に付けるために』を生徒向け、副読本の指導マニュアルを教員向けにそれぞれ作成して、二〇一六年新年度に配布した。ディベートによる政策論争や模擬投票、地域課題の見つけ方といった実践例も豊富に掲載された一方で、「政治的中立性」が繰り返し強調されているのが特徴だ。教育基本法や教育公務員特例法など、法的根拠も多く紹介されている。

そのこと自体は当然だ。だが現実のこの国で、政治的に〝中立〟でありつつ〝主権者教育〟を行おうとすれば、どんなことになるのだろう。

真っ先に考えられるのは「萎縮」である。一九九九年の国旗国歌法制定以来、卒業式や入学式での日の丸掲揚と君が代斉唱へのプレッシャーは、年々強まる一方だ。抵抗する教職員には重い処分が課せられる恐怖が堆積して、昨今では服従こそが学校の掟でもあるかのような空気さえ感じさせられることがある。

ましてや安倍晋三政権なのだ。高市早苗総務相が「〝公正〟でない番組を流した放送局の電波停止を命ずる」旨の国会答弁を繰り返したり、権力に従順でなさそうな集会やイベントには公立の施設を貸さない自治体を続出させている状況下ではなおさら、迂闊な言動は避けたくなる心理が、確実に教職員たちを追いつめる。

抽象論では断じてない。十八歳選挙権が初めて行使される参院選を控えた二〇一六年六月には、自民党の文部科学部会がＨＰ上で、「学校教育における政治的中立性についての実態調査」を開始。〝中立でない〟授業や指導を発見したら、その学校名や教員名、具体的な内容等を党に送信してほしいと求めて、たとえば「子供たちを戦場に送るな」という主張は「特定のイデオロギーに染まった」「中立を逸脱した教育」の典型であるとして例示されていた。

教員が生徒に政治的な立場を押し付けてよいはずはない。だが、ここまでやれば反戦思想の取り締まりであり、同僚教員や保護者への密告の奨励だ。さすがに批判が集まって、自民党はＨＰから「子供たちを戦場に送るな」の文言を削除し、「安保関連法は廃止にすべき」という主張に差し替えたりもしているが、そんなことで済む問題ではないのである。

「主権者教育」とは本来、日本国憲法の三大原理の一つに「国民主権」の理念が掲げられているからこその言葉であるはずだ。だが、ではその「国民主権」は、「国民一人ひとりが主権を有している」ことだとのみ、短絡的に受け止められてきたのではないかとの疑問を呈した教育学者を見つけた。桂正孝・大阪市立大学名誉教授である。

代表的な憲法学の所説によれば、近代憲法の単位になってきた国民国家の「国民」とは「全体としての国民」を意味しており、それに対して国民国家の強力な国家権力に対抗する立場の国民諸個人は「人権主体としての国民」として区別し、両者を混同してはならないと注意を喚起しているのである。

昨今の「主権者」さらには「主権者教育」という用語をみるとき、この「国民」概念の区別があいまいにされ、国民一般という抽象的なとらえ方から「人権主体としての国民諸個人」の視座が欠落、あるいは軽視されているのではないか、との不安を覚えるのである。

もし、そうであるならば、個人の人権が目的で国家は手段という近代憲法の立憲主義の土台がゆがめられるおそれがある。

（「人権教育の視座から「主権者教育」を考える」『部落解放』二〇一六年九月号）

同感だ。もともとの下地に加え、はたして政府の言う「主権者教育」からは、立憲主義の考え方そのものを否定したい気配すら、私には伝わってくる。さまざまな公的文書や件《くだん》の副読本でも、強調されるのは「政治参加」ばかりで、「人権」が論じられることはない。

遡れば自民党の政務調査会は、十八歳選挙権成立直後の二〇一五年七月に公表した「選挙権年齢の引下げに伴う学校教育の混乱を防ぐための提言」で、「政治参加等に関する副教材の配布」と「高校新科目「公共（仮称）」（政治参加や社会的自立に関する教育の充実のための新科目）の導入」、「小・中学校段階からの政治を含めた社会参加等に関する教育の充実」を提案していた。これを受けて文科省は翌八月、二〇二〇年度から小中高校で順次実行されることになる新しい学習指導要領で、高校に「公共」と「歴史総合」の必修科目を創設する方針を決定した。

この「公共」が問題なのだ。いや、一般論として「公共」を学ぶことの重要性に異論はない。ただし安倍政権ないし近年の自民党が「公共」を持ち出す場合、この言葉に戦後社会が与えようとしてきたのとは根底から異なる価値観に貫かれている実態だけは、絶対に忘れられてはならないだろう。

自民党が下野していた二〇一二年四月に発表した「日本国憲法改正草案」を読めば一目瞭然で

ある。彼らはその前文に、「国民主権」の四文字を残してはいる。だが同時に、現行憲法の第九七条〈この憲法が日本国民に保証する基本的人権は、人類の多年にわたる自由獲得の努力の成果であって、これらの権利は、過去幾多の試練に堪へ、現在及び将来の国民に対し、侵すことのできない永久の権利として信託されたものである〉の規定を削除。そして第一三条を、次のように改訂するとしているのである。

全て国民は、人として尊重される。生命、自由及び幸福追求に対する国民の権利については、公益及び公の秩序に反しない限り、立法その他の国政の上で、最大限に尊重されなければならない。

現行の第一三条〈すべて国民は、個人として尊重される。生命、自由及び幸福追求に対する国民の権利については、公共の福祉に反しない限り、立法その他の国政の上で、最大の尊重を必要とする〉と比較されたい。「個人として尊重」を「人として尊重」に、何よりも「公共の福祉に反しない限り」を「公益及び公の秩序に反しない限り」に変更するのだという。

そのことがいかなる意味を帯びるのか。自民党の改憲草案は、表現の自由を定めた第二一条にも、同様の制約を課そうとしている。

集会・結社及び言論、出版その他一切の表現の自由は、保障する。
2　前項の規定にかかわらず、公益及び公の秩序を害することを目的とした活動を行い、並びにそれを目的として結社をすることは、認められない。（傍点はいずれも引用者）

これも現行の第二一条では、ただ〈集会・結社及び言論、出版その他一切の表現の自由は、これを保障する〉とだけされてきた。素直に受け取れば、安倍政権や自民党にとって国民個々人など主権の主体ではないし、彼らの支配に異を唱える表現の自由もあり得ない。「公共の福祉に反しなければ」とされる時代にあってさえ、とてもではないが十分に尊重されてきたとは言い難い個人の諸権利や表現の自由が、このままでは建前さえも奪われてしまうのではないか。

そう言えば高校生らに配られた副読本『私たちが拓く日本の未来』には、「国家や社会の形成者」とか「国家のルール」、「社会の秩序の維持」などといった記述がしばしば登場する。「公共の秩序」をそのままでは用いていないのがミソである。

政府の想定する〝主権者教育〟のあり方は、あまりにもわかりやすい。すなわち彼らに従順な「期待される主権者像」がまずあって、若者たちをそのような〝主権者〟に育成することだ。副読本にもその指導マニュアルにも、〈現代民主制の基本である権力と自由についての記述〉がまったくないという事実を抉った新藤宗幸・千葉大学名誉教授（行政学）の議論が、私の胃の腑には落ちた。

選挙権をもち選挙を通じて法律・予算などの規範をつくり、国家・社会の秩序を維持することが「政治」であるというならば、共産党一党支配の社会主義国はもとより戦前期日本にもあてはまる。これは「政治」の外形的特徴の記述としては間違いないといえないまでも、「主権者教育」を展開する舞台は、民主主義政治体制を憲法が保障した現代日本であり、「主権者教育」は民主主義政治体制をゆたかにするためとされている。そうであるならば、「主権者教育」は、権力と自由の緊張を説くことからはじめるべきだろう。（中略）

政治学のテクスト風にいうならば、現代民主制における権力と自由の関係は、「権力からの自由」と「権力への自由」に区分しうる。前者の「権力からの自由」は、個人が自由に行動しうる政治空間を一定のルールによって外的抑圧から保障する「法律による行政」、この政治空間における個人の市民的自由としての個人自治、政治空間が侵害されたときの抵抗する権利の留保、つまり抵抗権から構成される。こうした「権力からの自由」を基本前提として「権力への自由」つまり参政権の行使の保障がある。つまり、参政権（選挙権）が国民にあたえられたとしても、その基本に市民的自治の憲法保障のない状況は、疑似的民主制にすぎない。

『副読本』は、ある意味で現代日本の政治風景をよくあらわしていよう。（中略）とりわけ、さきのような意味での「法律による行政」や個人自治は、「国家」のまえに否定されたといってよい。抵抗権は市民や学生などによる運動として展開されたものの、それを報道するメディアにたいする権力的規制がくりかえされた。

（新藤宗幸『「主権者教育」を問う』岩波ブックレット、二〇一六年）

二〇〇九年に導入された裁判員制度と同じ奔流がここにある。そこに至る過程では刑事法の権威で東京大学の総長だった故・平野龍一教授が一九八五年に〈わが国の刑事裁判はかなり絶望的である〉と書いた論文がしばしば引き合いに出され（起訴件数に対する有罪率九九・九％とまで言われる裁判の状況を指していた）、そのような状況を改めていくには司法への市民参加しかないという論理に繋げられたのだったが、実際に可決・成立し施行された裁判員法の第一条には、まるで裏腹の「趣旨」が明記されていたのである。

この法律は、国民の中から選任された裁判員が裁判官と共に刑事訴訟手続に関与することが司法に対する国民の理解の増進とその信頼の向上に資することにかんがみ、裁判員の参加する刑事裁判に関し、裁判所法（昭和二十二年法律第五十九号）及び刑事訴訟法（昭和二十三年法律第百三十一号）の特則その他の必要な事項を定めるものとする。

「絶望的」な実態は丸ごと肯定され、改善どころか徹底されて、国民がその構造に取り込まれたというだけの話だった。あれから七年余が経過したが、制度はまさにこの「趣旨」通りの形で定着している。

前後したが、主権者教育のための副読本も前述の一五年通知もことごとく、自民党の「選挙権年齢の引下げに伴う学校教育の混乱を防ぐための提言」を下敷きにしている。一連の十八歳選挙権礼賛報道もまた、同じ予定調和の文脈にあるのだろう。いったい誰のためのジャーナリズムなのか。

だから私は提起したい。政府が「主権者教育を」、と求めているのであれば、現場の高校教師は本物の主権者教育をしてのけてみせればよいではないか。

「主権者」とは何であるのかを、新藤名誉教授の言う「基本」に立ち返って教えよう。副読本やマニュアルに真っ向から歯向かう冒険も玉砕も必要ない。テクニカルな方法論として有用な部分があれば応用すればよいし、ただ淡々と、言葉の意味から始めて、自民党の憲法改正草案も表現の上では否定していない（＝否定できない。当たり前だが）「国民主権」「基本的人権の尊重」「戦争放棄」の三大原理を掘り下げていく。現行憲法と自民党案のどちらがよいかなどというディベートは無用だ。しない方が望ましくもある。権力に要らぬ介入の余地を与えない用心をしておくに越したことはないのと、所詮は日本国憲法とて戦中戦後の歴史の産物であって、唯一無二の真実というわけではないのだから。

どこまでも基本の学びに徹する。それゆえの「公共の福祉」と「公益及び公の秩序」の違いの議論にまで辿り着ければ最高だ。もちろん困難な道のりではあるにせよ、万が一にも政府の企み通りの〝主権者教育〟に堕してしまうなら、教育という営みはとどのつまり人間をして自ら権力の奴隷を志向させる洗脳システムでしかないものに成り下がる。逆に本当の主権者教育を目指す取り組みは、きっと教員の知的好奇心を刺激し、大いに鍛え、教育というものの理想を追求する意義をも帯びていくかもしれない。

本物の主権者教育が、そして近い将来には日本国民の一人ひとりに行き渡る日が来るといい。それが現実となった暁にこそ、私たちは再び平和と平等の希望を取り戻すことができる。教育団体で「十八歳選挙権で教育に何が求められるか」を講演した時にはまだまだ収拾がついていなかった思いの、以上は現時点での整理である。

みんなが手と手を合わせれば

♪こんにちは　こんにちは　世界のひとが
こんにちは　こんにちは　さくらの国で
一九七〇年の　こんにちは
こんにちは　こんにちは　握手をしよう

三波春夫の歌声に、日本中が沸いていた。一九七〇年の三月から九月まで、大阪の千里丘陵で催された日本万国博覧会。小学六年生だった私は夏休みに、父と、父の鉄屑屋で働いてくれていた一人だけの従業員と、私より少し年下のその息子さんとの四人で新幹線に乗り、見物に連れて行ってもらった。

母と妹は留守番。予算の都合だったようだが、もともと出不精の母はともかく、小学三年生になっていた妹にはかわいそうなことをしたと思う。
当時の私はいわゆる〝万博少年〟ではなかったものの、なにしろ遠い東京に住んでいても世の中総出で万博、バンパクの大合唱だったので、人並みの関心はあった。京都の親戚の家に泊まって、朝一番で会場に到着した際も、大混雑をものともせずに、目指すパビリオンへとひた走った。
四人の中では私のワガママが一番通った。それで人気のあった日本館やアメリカ館、ソ連館には目もくれず、まず駆けつけたのはアイ・ビー・エム館だったと記憶している。今では超のつくネット嫌いの私も、子どもの頃はみんなと同じように、コンピュータの発達が必定の未来に夢を描いていたらしい。

電子ペンを手にして光学映像装置にお向いください。漫画をたのしみたい方は、人気漫画の主人公を指定すると、機械は素材を提供し、あなたはストーリーを自由自在に展開できます。

と、手元の日本万国博覧会協会編『公式ガイド』の、アイ・ビー・エム館のページにある。そうそう、これがやりたかったのだ。事前に『少年マガジン』の特集か何かで紹介されていたのに興味を引かれたのだったが、実物は大して面白くもなくて、具体的にどんなふうだったのかも覚えていない。

パビリオンの一階にいくつも置かれていたコンピュータでは、漫画の他にも次のような遊びができた。当時といえども子どもだましでしかなかったように思うのだが、大人の人たちは楽しめたのだろうか。

つぎは旅行です。国内、海外旅行とも、指定によって地図・コース・景勝・名所旧跡があらわれ、最後に締めて旅費はいくらとはじき出してくれます。女性のためのファッションは、電子ペンでつぎつぎ現われて来るドレス・コート・帽子・クツ・ハンドバッグ、それに色やデザインを選ぶと、画面のモデルがそれを着てみせる。そこで、自分のセンスがわかるという仕掛け。

初っ端からアイ・ビー・エム館でガッカリしたのがいけなかった。私はいきなり白けてしまい、あとはもう象牙海岸館とかシエラレオネ館とかニカラグア館とか、混雑とは無縁そうな小国のパビリオンを回り、スタンプ帳を埋めることばかりを考えて、実行に移し始めたのである。自分勝手もいいかげんにしろと怒鳴りつけられて、その後は三時間も四時間も並ばなければならないから嫌だったアメリカ館やソ連館にもつき合わされた。アポロ11号が持ち帰ったという「月の石」も、人の海のかなたから眺めただけではありがたみも何もない。シベリアやウラジーミル・イリイチ・レーニン関係の展示は十一年間も抑留されていた父には感慨深かったろうが、行列疲れでヘトヘトの私には、だからどうしたの？　としか思えなかった。息子にそんな態度を取られた父は、きっと傷ついたに違いない。

生まれて初めての関西で、私が最も楽しかったのは、万博などよりも、泊めてもらった親戚の家の周辺だった。有名な太秦《うずまさ》映画村の近くで、とはいっても現在のようなテーマパークになるのはこの数年先だから見学はできなかったのだが、最寄の嵐電《らんでん》（京福電気鉄道嵐山本線）帷子ノ辻《かたびらのつじ》駅といい、町全体の雰囲気がいかにも古都なのが、東京育ちの私にはとても新鮮だった。

しかもその親戚の家のお風呂が五右衛門風呂。「盗賊の石川五右衛門が、三条河原の刑場で釜茹にされたよってな。京都には多いんや」と聞かされた。こういうものに比べたら、やたらけばけばしく、人ごみだらけの万博は、ますます色褪せて見える。あの半年間を「張りぼての祭典」と呼んだ評論家がいたと後で知った時には、思わず膝を叩いたっけ。

わずか数日間の万博旅行は、こんなふうに終わった。あまりパッとしない思い出だ。そう言えば、元〝万博少年〟も少なくないであろう同世代の友人・知人たちとも、あの万博について語り合ったことが、私には現在に至るまで皆無に近い。

大阪万博を境にして、多くのものが一気に失われていった気がする。本当はこれより六年前の東京オリンピックも合わせて考えるべきなのかもしれないが、一九六四年当時の私はまだ六歳だったので何もわからなかったし、そもそも記憶があるのかないのか自体も怪しいので、余計に万博が重く感じられてしまうのだ。

では何が残ったか。百八十三日間の会期中に約六千四百二十万人を動員した国威発揚イベント（約七千三百万人を集めた二〇一〇年の上海万博まで、万博史上の最高記録だった）によって、朝鮮戦争特需で復興を果たして以降の戦後社会を規定してきた高度経済成長が、この国における絶対の尺度になった。万博以前はそうでなかったということではもちろんないが、この発想に導かれた大量消費社会の到来を、多くの庶民がごく自然な成り行きとして受け容れるようになったのは、まさに万博が開催された一九七〇年前後ではなかったか。作曲家の山本直純《なおずみ》が「大きいことはいいことだ」とタクトを振っていた森永エールチョコレートのテレビCMは六七年に始まっていたし、トヨタのカローラ１１００に「プラス１００ccの余裕」とかまされた日産サニーが排気量を１２００ccにアップして、「隣のクルマが小さく見えま～す」とやり返したのは七〇年だった。

そんな万博であってはいけないとする批判がなくはなかった。いや、そのいくつかは小学生の私でも見聞きしていたほどだから、相当にあったはずだ。開幕から一カ月余が経ったばかりのゴールデンウィーク直前には、シンボルタワー「太陽の塔」の地上七十メートルに位置する顔の右目の部分に男が侵入し、「バンパクを潰せ」と叫びながら八日間も籠城する〝アイジャック〟事件まで起きている。だが私には長い間、その種の言説を理解できない時期が続いた。

経済成長には負の側面が付き纏うことぐらい、あの頃だって少しは弁えていた、つもりだ。ただ、それは水俣病やイタイイタイ病のようなあからさまな実例が示されての話で、万博のような

日本万国博覧会「太陽の塔」右目に籠城した「アイジャック」事件
1970（昭和 45）年 4 月 25 日　提供／朝日新聞社

『日本万国博覧会公式ガイド』（財団法人　日本万国博覧会協会発行）より
「アイ・ビー・エム館」のイラスト

巨大なお祭り騒ぎが相手になると、問題がやや抽象化されてしまうだけに、ただでさえ乏しい想像力が、まるで働いてくれなかった。

楽しければいいじゃないかとしか考えられなかった。私自身はさほど楽しくなかったのだけれども、あれはアイ・ビー・エム館に拍子抜けさせられたのと、人が多すぎたせいであって、万博そのものが悪いわけではないと思い込んでいたのが、今さらだけど悔しい。

経済成長を万能とする価値観の徹底は、かなり時間をかけて、周到に進められたと言われる。東京オリンピックの四年後、万博に二年先立つ一九六八年十月二十三日には、政府主催の「明治百年記念式典」が東京・九段の日本武道館で挙行された。元号が慶応から明治へと改められた日から満百年。六六年にスタートした準備会議には全閣僚が出席していたといい、それだけでも政府の並々ならぬ意志が伝わってくるようだ。

1　明治は、世界史にも類例をみぬ飛躍と高揚の時代である。日本はこのあいだに封建制度から脱却し、全国民は驚くべき勇気と精力をかたむけ、近代国家建設という目標に向かってまい進したのだ。
　この光輝ある時代の出発にあたって「明治」という年号が定められてから、まさに一世紀になろうとしている。

2　この百年間、わが国民には、世界を鼓舞した壮挙もあれば、顧みてただすべき過ちもないとはいえなかった。

しかしながら、この時期に先人の築き上げた基盤が政治、経済、文化その他すべての面にわたってどのように偉大で強固なものであったか。それは、このたびの大戦禍にもかかわらず世界の奇跡と驚嘆されるまでに急速に復興し繁栄している日本の現状が、なにより雄弁に物語っている。(後略)

準備会で決定された五項目から成る基本理念「明治百年を祝う」の冒頭部分である。この記念式典と連動する格好で、たとえば後の〝国民作家〟こと司馬遼太郎の『坂の上の雲』は一九六八年四月から七二年八月までの足かけ五年、サンケイ新聞(現紙名・産経新聞)の夕刊に連載された。陸軍軍人好古《よしふる》と海軍軍人真之《さねゆき》の秋山兄弟、そして文学者正岡子規の三人を中心に、富国強兵・殖産興業を掲げて帝国化し、日清・日露戦争を戦った明治期の日本をぐんぐん成長していく「少年の国」だったと讃える長編小説を貫いていた、いわゆる司馬史観が、現役の政治家や財界人らに共有されていると指摘されて久しい。

しかもその影響力は、経済のグローバリゼーションが本格化した一九九〇年代後半以降、より広範かつ強烈に浸透してきた感がある。右代表は安倍晋三首相その人だ。施政方針演説や戦後七十年談話など、少しまとまった発言をするたび、あるいは「明治日本の産業革命遺産」二十三施設がユネスコの世界遺産に登録されたりするたびに、彼は一億国民が〝大日本帝国〟の建設に向かって一丸となっていたと認識しているらしい時代への憧憬と、その再現を夢見るかのような将来ビジョンを語っている。二〇〇九年から一一年にかけてはNHKのスペシャルドラマにもなった。司馬自身は政治に利用される危険を警戒し、最後まで映像化を拒否し続けたとされるが、九六年の他界後にみどり夫人が了承したという。

なのに――それほどの重大な局面であった一九六〇年代末から七〇年頃にかけて、そこいらへんの子どもの一人でしかない私は、明治百年、万国博覧会と続く過程で派生したさまざまな流行に、他愛なく飛びついては飽きて、を繰り返していた。まあまあ続いたのは記念切手の収集だったか。確か「小笠原諸島復帰」を記念した、太平洋の夜明けを描いた鮮烈な絵柄の十五円切手（一九六八年六月発行）を友だちがくれたのがきっかけで、明治百年記念切手も、何種類も出た日本万国博記念切手も、次々に集めていった。

とは言っても額面とあまり変わらない価格で取引されているものは母も買ってくれるのだが、値の張るものはねだっても空しいだけ。

持っていると自慢できる切手趣味週間記念の「見返り美人」（一九四八年発行）とか国際文通週間記念の「蒲原《かんばら》」（六〇年発行）、文化人シリーズの「西周《にしあまね》」（五二年発行）等々、カタログで魅惑されて、「いつかは自分も」と夢見ていた切手は結局、三十歳近くになって収集を完全に止めてしまうまで、ついに私のストックブックを飾ることがなかった。

小中学生の頃は、いつも『少年マガジン』に載っていた切手商「ケネディ・スタンプ・クラブ」の懸賞に応募するのに夢中だった。それで一回だけ、大量の使用済み切手をいただく幸運に浴したことがある。お風呂にためたぬるま湯で封筒からはがしながら、「僕は案外、運がいいのかもしれない」などと幸せな気分に浸ったのも束の間、はがれた糊で湯船をベトベトにしてしまい、母にこっぴどく叱られた。

幾星霜を経て、二〇〇〇年代も半ば近くになった頃である。九州の教職員組合に招かれ、教育と格差社会の関わりについて述べる講演会を催していただいた時のこと。登壇するまでの間、会場内に数曲のBGMが流れていた。「あっ」と、目が覚めるような思いをさせられたのは、こんな歌が耳に飛び込んできた瞬間だ。

♪一人の小さな手　何もできないけど
それでもみんなが　手と手を合わせれば
何かできる　何かできる

一人の人間は　とても弱いけれど
それでもみんなが　みんなが集まれば
強くなれる　強くなれる

フォークシンガー・本田路津子の「一人の手」だった。アレックス・コンフォートの詩にピート・シーガーが曲をつけた“One man’s hands”というオリジナルに、彼女が日本語の歌詞をつけ直したものだ。一九七一年に売り出されて大ヒットした名曲なのだが、次第に聴く機会も減り、いつとはなしに忘れてしまっていた。

「これだ！」

と直感したのは他でもない。万博を挟んでこの国の社会を支配する価値となったものはよくわかる。けれどもその代わりに失われたものが何であったのかがよくわからない。人間性とかヒューマニズムとか、それなりに適当な言葉は浮かんでくるものの、一言で言い表せるような話であるはずもなし。そんなことを私は、実は四十歳になるかならぬかの頃からずっと、漠然と考え続けていた。

そこに、「それでもみんなが　手と手を合わせれば」である。これは求めていた答えのひとつに違いないと感じた。日本語版のリリースは万博の一年後だったが、その時点で心の飢えを覚えている人が大勢いたからこそ、この歌はヒットしたのだろうし、それだけにまた、人々の記憶から遠ざかっていくのも早かったのではないか（という印象が私にはある。見当外れなら謝るしかないのだけれど）。

だから、講演のラストは、「一人の手」の話で結んだ。

「久しぶりに聴いて、実に懐かしく、涙がこぼれそうになりました。それで考えたのですが、この歌詞は先生方の、学校の文化そのものでもありますね。教育がかえって階層間格差を拡大させる道具にされかけていないとは言えない現在のこの国で、おそらくは最も必要になってきているのが、みんなが手と手を合わせようとする気持ちなのだと思うのです。

ともすれば今の時代は、先生方が何かにつけて民間企業のサラリーマンと比べられ、〝親方日の丸〟だから余計なことばかり言っていられる、だから生産性が低いんだ、などという批判を浴びせられやすい。傍から見ていると、まじめな方が多いぶん、それでなんだか全体が委縮させられているようにも映ります。

でも、当たり前のことですが、民間企業の論理が常に正しいわけではありません。サラリーマンにも教員にも、立派な人もいれば、あまり立派でない人もいる。それだけの話です。学校には学校ならではの素晴らしい文化があるのですから、どうかみなさん、誇りを持って仕事をしていただきたいと思います」

打ち上げの懇親会で旧知の参加者から、「斎藤さん、ずいぶん講演慣れしてきましたね。開演直前のエピソードを話に取り入れるなんて」と言われた。その手のテクニックというか、ウケ狙いの意識がゼロだったとも言わないけれど、実際、私は壇上で、ずいぶんといろいろなことを思い出していた。「一人の手」を聴いてまず連想したのは、「雑木林《ぞうきばやし》」という言葉である。小学校の、万博よりだいぶ前の低学年の頃の先生たちが、私たちの学級を指しては使っていた形容だった。

一人だけでなく、幾人もの先生に、何度も何度も聞かされたような気がする。『広辞苑』には、〈種々の雑木が混じって生えている林〉の意だとある。先生が何を言いたいのかは、子ども心にも伝わってくる気がしていたが、当時の私は、どうも好きになれない言葉だと感じていたように思う。なぜって、何もできやしないくせに、自意識ばかり過剰な子どもだったから。「僕は雑木なんかじゃないやい！」と思っていた。

けれどもあの四十年近くを経た、講演会の頃の私は、すっかり変心を遂げていた。ああ、あれはとても大切な価値観だったのだと、しみじみ思い返したものである。

しばらくして、養護学校や特別支援学校の経験が長かった元教員に、『学校は雑木林』というタイトルの本を出すので推薦文を寄せてほしい」と頼まれたので驚いた。雑木林の教育論はやはり、私の担任の先生だけの言葉ではなかったのだ。

だが、ならば「雑木林」が一時期であれ広く知られたキーワードであったのかというと、判然としていない。その元教員に尋ねても、特に教わったとか勉強したとかではなく、日々の教育実践を積み重ねて辿り着いた視点だと言う。

それでもざっと調べてみたところ、雑木林の教育論のルーツだったかもしれない詩を発見することができた。一九五九年にペスタロッチ賞、七一年には文部省の教育功労賞にも輝いた有力な教育者で、浄土真宗の僧侶でもあった東井《とうい》義雄という人物が、一九五八年に刊行した『学習のつまづきと学力』（明治図書出版）という本に書いていた。

五年教室は　雑木林
こぶこぶの　たくましい栗の木もあるし、
素性のいい　ホウの木もある。
表皮はあらいが、
案外　中の緻密な
くぬぎもある。
かたい　常緑の　つばきもあるし
有用な　かしの木もある。
いま
それらが、
それぞれに
芽をふいている。

いい感じだ。かつての私が「一人の手」を忘れていた理由が、なんとなくわかった。あの歌と「雑木林」は、間違いなく深い部分で共鳴し合う。けれども私はただ短絡的に、「林」という言葉に含まれる集団のイメージばかりを過剰に意識し、個としての独立が軽視されかねない不安を抱いた。でも僕はやっぱり、一人でも何でもできる手にしたい、たった一人でも強い人間になりたい。

「みんなの手と手を合わせれば」という考えを、「林」の単純な延長線上に位置づけてしまった私には、何もかもがキレイゴトに、嘘っぽく見えてならなかった。だから、美しく潑剌としたメロディーラインには惹かれても、いつしか意識の外に遠ざけた……。

「林」は本来、結果でしかありはしない。先生たちもきっと、アクセントは「雑木」にこそ置いていて、子どもたちの多様な個性を伸ばしたいという思いを込めてくれていたはずなのに。

今ならわかる。

できることは少なくても、あまり強くなくても、自律してさえいれば、互いに連帯することができる。あるいは逆に、能力的にどれほど優れた人間が揃っていても、それぞれが自律していなければ連帯も困難だ。日本万国博覧会は、このきわめて重要な相関の諸条件を、意図的であろうとなかろうと、底知れぬ高度経済成長と大量消費社会の魔力によって覆い尽くすために仕組まれた国家的イベントだったというべきなのだろう。

二〇一八年の十月には明治百五十年がやって来る。失われたものは少しずつでも取り戻していかないと、危険だ。

母の信心

南無妙法蓮華経
南無妙法蓮華経
ナンミョー　ホーレンゲキョ〜
またやってるぜ。うっるせえなぁ……。

母が仏壇に向かって題目を唱えている。就寝前の夜毎の習慣。家中に響く勤行の声を聞きながら、私はいつも、なんとなく憂鬱な気分になった。

私が子どもの頃、母は創価学会の信者だった。だから毎日、普通の新聞だけでなく、「聖教新聞」が配達されてきていたし、学会系出版社の「希望の友」という月刊の漫画雑誌も届いた。学会活動に関わる漫画はごく一部だけで、その他の横山光輝『水滸伝』とか山根赤鬼『丸井せん平』、みなもと太郎の世界名作ギャグ『レ・ミゼラブル』などといった作品群はどれも面白かったけれど、定期購読をねだった覚えはない。

学会員の選挙活動は凄まじいと言われるが、母はさほど熱心でなかったように思う。それでも一九六七年の総選挙で初当選を果たした、伊藤惣助丸《そうすけまる》さんという候補者名が耳に残っている。かの学会系政党にいつの間にか親しみを感じていたのか、ただ単に印象的な名前だったからなのかは忘れた。

月に一度は、近所に住む学会員の兄弟が、「座談会に行こうよ」と誘いに来た。座談会というのは学会活動の基本で、会員の自宅などに集まっては体験談を語り合い、互いの信仰を深めていく営みである。弟の方は私の妹の同級生なのに、玄関先で相手をさせられるのはいつも私だった。「宿題があるから」とか言って断ることが多かったが、三度に一度はつきあわされた。

母がいつ入信したのかは明確でない。父がシベリアに抑留されていた十一年間のどこかの時点だったことだけは確かだ。それで一九五六年の暮れに父が帰還して、翌々五八年の四月に私が生まれた。戦後の混乱期に、しかも魑魅魍魎が渦巻く東京・池袋の留守宅を女一人で守り続ける毎日に、信心は大きな拠り所になったと聞いたことがある。

幾多の新興宗教が次々に台頭しては勢力を伸ばしていた時代。中でも一頭地を抜いた創価学会は、「折伏大行進」という大規模勧誘運動が社会問題化した時期もあったものの、敗戦で傷つき、己を見失った人々の心の琴線に触れていたのだろう。

　ましてや母においてをや、である。

　もっとも、私の物心がついた頃以降の母が他の学会員に比べて不熱心だったのは、選挙活動だけではなかったらしい。「らしい」としか言えないのは、普通はどの程度の活動をしているのかを、のちに主にジャーナリストになってからの取材で聞きかじったに過ぎず、あまり実感が伴っていないからだ。

　ともあれ母は、就寝前の勤行以外は座談会にもたまにしか出席しなかった。学会員の友人・知人が訪ねてくる機会は多くはなかったし、一所帯で五部や六部が常識だと言われる聖教新聞の購読も、わが家では一部だけだった。

　そもそも家庭教育に日蓮正宗が持ち込まれた形跡がない。よく言い聞かされたのは、「上を見ればきりがない、下を見てもきりがない。身のほどをわきまえ、毎日笑って、達者で暮らせ」みたいな、庶民の世渡り術ばかり。何よりも、学会のトップとして君臨し、絶大な権勢を振るっていた池田大作会長が「偉い人」だとか、「尊敬しなさい」とか言われたことなど一度もなかった。

　要するに、母はやや例外的な創価学会員だった。だが変だ。特に社交的な方ではなかったにせよ、だからって人嫌いでもなかった母が、なぜ？

　学会の方だって、よほどの特別扱いでなければ、せめて選挙には有無を言わさず駆り出すだろう。彼らが座談会に連れ出すべきは、私ではなく母ではなかったか。

ひとつだけ考えられるのは、父の存在だ。父はなぜだか創価学会を嫌っていた。理由は今でもよくはわからない。ただ、ときどき、「やめちまえ、あんなもの」と母を怒鳴りつけていた。

普段はまずまず仲のよい夫婦だったのに。私が母の勤行を聞かされるたびに憂鬱になり、座談会の誘いが鬱陶しくてならなかったのは、創価学会がどうのこうのの以前に、両親の間に漂う、そんな微妙な空気のせいだったのかもしれない。

あの頃の、創価学会をめぐるわが家でのあれこれを、近頃はしきりに思い出す。集団的自衛権の行使を認めた安全保障関連法制が二〇一五年九月に可決・成立するに至った過程で、公明党が重要な役割を担ったからだ。戦時下で思想や宗教の統制を急いでいた軍部によって一九四三年、初代会長の牧口常三郎氏と、後に二代会長となる戸田城聖氏が多くの幹部たちとともに治安維持法違反および不敬罪の容疑で投獄され、牧口氏は獄中死した史実を受け、かねて反戦平和を標榜していた宗教団体を母体とする政党が、なんという恥知らずなという思いを、いつまでも払拭できぬままでいるからである。

話を戻そう。だから私は、父の存在があったから、座談会への誘いを三度に二度は断ることができた。

座談会に行きたくなかったのに大した意味はない。家庭内の雰囲気はさて置いても、ナンミョーホーレンゲキョーを唱える子どもだなんてカッコ悪いと思ったのと、池田先生か何か知らないが、大勢の大人がよってたかって特定の個人を崇拝したり、その人についていけば未来は安泰なんてふうな怪気炎を上げている光景が嫌だった。

学会兄弟は月に数回はやって来た。父は居間で黙ってビールを飲んでいる。お父さん子だった妹はそのそばを離れない。私も父に従いたかったが、兄妹二人ともがそうしていたら、母が可哀想ではないかと思えてしまい……。

何度か出かけた近場の座談会場は、縄屋のTさんのお宅だった。ロープは鉄屑屋のわが家でも必需品である。父が学会を嫌いだからこの店では買わない、なんていう関係だったら、お互い馬鹿馬鹿しい話だよなと、漠然と考えた。

中学校に進んで間もなく、座談会で学校の同級生に出くわしたことがある。私と同様に、親の関係で仕方なく、という雰囲気で、お互い、「えっ、お前も？」と驚きあった。この時は隣町の会場だった。特に仲がよいわけでもなかったせいか、座談会の間じゅう気まずくて、その日以降も、この件で話をしたことはない。

そんなことを繰り返しているうちに、しかし私はいつしか、「僕も学会員になるしかないのかな」と思い始めた。中学一、二年の頃だったと思う。

できれば避けて通りたい感覚に変わりはなかったが、ちょっとだけ聞きかじった、戦時中の軍部に弾圧されたという歴史は興味深くもあった。本当は「僕まで創価学会を嫌がったら母ちゃんに悪い」気がした以上でも以下でもなかったのだが、それだけでは辛いので、やりたくないことをやろうとしている自分自身を正当化できそうな理屈を、いろいろこねくり回した。

我ながら強引な屁理屈に呆れつつ利用したのは、『みちょれ！　太陽』（原作・渡あきら、画・石井いさみ）という漫画のイメージだ。少し前まで「聖教新聞」に連載されていたのが単行本になったので読んだ。五島列島の福江島で土建業を営む若き経営者・伊野知吾郎が入信し、仲間たちとともに成長して、ついには福江空港（現、五島つばき空港）を完成させるほどの成功を収める——という実話らしきストーリーよりも、私にとって重要だったのは、吾郎のキャラクターである。

作画を担当した石井いさみ氏は、後に『750《ナナハン》ライダー』で大ブレイク。ほのぼのとした絵柄が広く知られるようになった漫画家だが、『みちょれ！　太陽』の頃は熱血かつシャープな、妖しげな魅力を湛えた独特の画風で、サッカー漫画『くたばれ‼　涙くん』や、梶原一騎氏の原作を得たプロレス漫画『ケンカの聖書《バイブル》』等々の青春モノで人気があった。

伊野知吾郎もそれらの作品の主人公に似ていた——というより、勤行のシーン以外はほぼ同一の人物造形だったので、私は、「だったら、いいか」と納得することにした。そう決めてしまうと、作中の「人生には羅針盤が必要だ」とか「それは宗教、哲学たい！」といったセリフにも、惹かれるものがある。あまりに低次元で、合理的な説明は不可能な発想なのだが、要するに、少年時代の私が憧れていた梶原一騎や石井いさみの描く男性像と創価学会とは矛盾しない、両立できると思い込もうとしたわけである。

日蓮正宗の総本山である富士山麓の大石寺への登山会にも、だから誘われるままに参加した。母の参加は父が許さなかったので、近所の学会員たちと一緒に、私一人だけで。広宣流布（法華経の教えを広く宣べて流布すること）の象徴として巨大施設「正本堂」が完成した、確か一九七二年のことだった。

はっきりとは覚えていないのだが、日蓮上人の教えの理解度を試す「教学試験」で一番下の級を受けて、合格したことがあったようにも思う。ただし肝心要であるはずの勤行からは、いつまでも逃げ続けた。

私はなぜ、こと創価学会については、母にあんなにも気を遣ったのだろう。親孝行など何もできないうちに逝ってしまった人だから、私にもそんな葛藤があったのだなどということは、本人には伝わらずじまいだったに違いない。

ただ、母がかなりの苦労人であったことを、私は知っていた。いつ帰ってくるのかもわからない、生きているのか死んでしまったのかさえ定かでなかった父を、十一年間も待ち続けただなんて。

占領時代は、スガモ・プリズンで事務のアルバイトをして、糊口を凌いだそうだ。辛い時代を語る時には必ず、「あたしは男の人にもてたからね。プリズンじゃあ、よく刑務官との仲を噂されたのよ」などという自慢話がついてくる。他人の噂話をする時に、「それで、あたしの友だちのお姉さんの知り合いの妹がさ」なんて話し方をするものだから、結婚したばかりで初々しかった頃の私の妻が混乱して、「じゃあ、貴男さんはお義父さんがシベリアにいた頃に生まれた息子なんですね」と返してしまい、「違うよ！」と叱られていた。

父が召集され、日本国内でわずか数ヶ月間の訓練を受けただけで、旧満州の戦地に赴かされたのは、一九四四（昭和十九）年初めのことである。結婚して一年も経ったか経たなかったかの頃だった。

恋愛でも見合いでもなかった。鉄屑屋の娘だった母が、まだ十七歳かそこらで、同じネズミ年の、一回りも年上の奉公人を婿にとらされたのだ。私にとっては祖父に当たる人が、一代で築いた家業を継がせるために、そう決めた。

「娘時代は継母にずいぶん虐められてね。お前のお祖父さんは、駆け落ちして一緒になったと言ってたあたしの母が亡くなったら、さっさと再婚しちゃうんだもの。娘たちの面倒を見させるからって話だったけど、その後妻っていうのが意地の悪い人でさ。

でも、兄《あん》ちゃんだけは、私を『チャコちゃん、チャコちゃん』と言って可愛がってくれてたのよ。タカ坊、お前のお父さんのことよ。男として好きだなんて思ったことは、一度もなかったんだけど。まあ、昔はみんな、そんなものだったからね」

生前の母がしばしば洩らした言葉を、あらためて噛みしめる。母は通っていた女学校を中退して婿をとったのに。そうまでして、私を産んでくれたのに。

母は創価学会に救われたという。だったら長男の私が、どうして嫌ったりできようか。そんな思いだった。

まだある。私は小学校の低学年の頃、母に連れられて池袋のデパートに行った帰り道で、とんでもないことをしでかしたことがあった。

幅四、五十メートルほどもある大通りの横断歩道で、私たちは信号が青に切り替わるのを待っていた。だが、いつまで経っても信号は赤のまま。そこで私は、

「ええい、やけくそだーい！」

と叫ぶやいなや、母の手を離し、その大通りを駆け抜けたのである。車の通行量はさほどでもなかったし、私だって撥《は》ねられそうなら飛び出さないわけで、しっかり無事に渡ることはできたのだが。

母はその場で卒倒した。周りにいた人たちが介抱してくれている様子を、私は横断歩道の反対側で、しばらくの間、呆然と見つめていた。

ちょっと長く信号を待ったからって、何が悲しくて「やけくそ」にならないといけなかったのか、自分でもまったく理解できない。いや、その瞬間も、きっと何も考えてなどいなかった。早い話がどうかしているのだと思う。

そんなこともあり、中学生の頃の私は、母への負い目のようなものを感じていたような気がする。母にとっては大切な、だけれども父にはなぜか疎まれているらしい信心を、私ぐらいはわか

母のおぶい紐に負われて

行き先の記憶はないが、幼稚園の遠足　左端が斎藤母子

ってあげなければと思った、のだったが――。

「貴男君、とにかく一にも信心、二にも信心だよ。学校の勉強で得られるのは〝知識〟だよね。信心で身につくのは〝知恵〟だ。知識と知恵と、どっちが大事だと思う？」

何かの折に聞かされた物言いが、長い間、耳について離れなかった。無理やり心の中に押しとどめていた学会活動に対する違和感というか、もっと言えば嫌悪感が、この一言をきっかけに、じわじわと溢れ出てきてしまったからである。

あれが創価学会の全体に共通する教えだったのかどうかは知らない。あくまでも個人的な解釈だったのかもしれず、素直に聞けば、これはこれで、学ぶべき意義のある考え方でもあったのだろう。

ただ、私はあの言葉から、「小狡《こずる》さ」ばかりを嗅ぎ取った。何度か出席した座談会のたびに募らせては自ら打ち消していた、「哲学だの羅針盤だのと取り繕ってみせたところで、みんな損得勘定しか考えていないじゃないか」という感情が、下地にあった。政教分離の原則などという理念は聞いたこともなかったけれど、宗教団体が政党を持って、政治に直接関与していることも、子ども心に気に食わなかった。

現世利益を追求する宗教がいけないとは思わない。ましてや創価学会が伸長したのは戦後の混乱期である。特権階級でない者のだれもが飢えていた時代に、貧困や病に苦しむ人々が御本尊に縋《すが》った。現世利益の獲得を最優先したからといって、所詮は高度成長期に入ってから生を受けた子どもが難癖をつけてよい筋合いではないのだ。

いずれにしても、これでふんぎりがついた、と思った。二度と座談会になど行かない。もともとそれ以外の活動にはほとんど手を染めていなかったのだから、それで終わりだ。母ちゃんへの義理立ても、もう、やーめた！

母は何も言わなかった。学会兄弟の来訪も途絶えた。受験勉強など一切しなかった私はただ遊び呆けている。

ややあって一九七三年九月、『人間革命』が東宝と学会系の制作プロダクション「シナノ企画」の共同製作で映画化された。監督は舛田利雄。原作は二代会長の戸田城聖氏と三代会長・池田大作氏が著者だとされる創価学会の実録小説だ。学会内部では日蓮上人の著作以上に、それこそ〝バイブル〟扱いされている大長編だが、わが家でも押入れに二、三冊は置いてあったように思う。私は読んでいなかった。

中学三年生の二学期が始まった頃、母は私に『人間革命』のチケットを手渡して、「これだけは観てみて」と言った。なんとなく後ろめたい気持ちが残っていた私は、一人で地元・池袋の映画館で映画を観た。大好きなテレビドラマ「キイハンター」や「アイフル大作戦」でお馴染みだった丹波哲郎が戸田役、「七人の刑事」の芦田伸介が牧口常三郎役。他にも豪華キャストが熱演を繰り広げていて、お話として面白かった記憶だけがある。とりわけ丹波の演技は、振り返れば後年における『大霊界』シリーズでの名演に通じる原型となっていったのではないかと思う。

創価学会と私との、それが最後の関わりになった。母も次第に信心から距離を置き始める。数年を経て父が倒れ、病院で危篤に陥った頃には勤行を唱える光景も目にしたが、父の死後は数珠を手にかけることもなかった。

「だって、昔の信心仲間たちは、お父さんに輸血もしてくれなかったのよ」

また数年して理由を尋ねた際の、母の弁である。悔しそうな、でも吹っ切れたような表情をしていた。

いろいろなことが、今なら理解できるような気もする。当たらずと雖《いえど》も遠からずだろう程度の自信はあるものの、あくまでも断片的な記憶に後付けの知識と想像をまぜこぜにした推論でしかないのだが——。

まず、父はなぜ創価学会を嫌ったのか。

シベリアから帰国した父は、学会の地元支部関係者たちには必ず挨拶したはずだ。不在中の妻を支えてくれた人々なのだから、それが当たり前。

だがその当時、否、現在に至っても、シベリア帰りには〝ソビエトのスパイ〟ではないかとする疑いの眼差しが向けられるのが、この国の現実である。父は日ソの国交が回復した後にナホトカ港を出た最後のダモイ（帰還）組だった。最後まで残された旧日本兵はソ連共産党の洗脳によほど頑強に抵抗していたか、逆により優秀なスパイに養成されたのに違いないなどとするまことしやかな俗説が、巷で囁かれていた時期だったという。

一方、戦後の創価学会と日本共産党とは、激しい対立関係にあった。都市部の低所得者層を基盤に信者や党員を拡大していく過程で競合し、とりわけ一九六一年に公明党の前身となる「公明政治連盟」が結成されてからは、双方が凄まじい非難合戦を展開。六九―七〇年にかけて学会サイドが自陣営に批判的な書籍の出版流通を妨害した「言論出版妨害事件」を経、七四年に作家の松本清張氏の仲介で「創共協定」が結ばれ一時的に和解するまで、対立関係はエスカレートの一途を辿っていたのである。

そうした状況の下で、父は創価学会の人々に敵視されたか、冷たい視線を投げかけられたのではないか。逆に、明治末年生まれの古い世代の人間であり、しかも一般の日本人よりも抑留されていた十一年分は浦島太郎だった父は父で、不敬罪で投獄された男たちに率いられた組織など、どこまでも不埒な教団としか映らなかったのかもしれない。

わが家の状況はかくて導かれた。創価学会を許せない家長だが、妻の受けた恩義を認めぬわけにもいかない。勤行だけは見て見ぬふりで、後は家庭に持ち込まないという暗黙の了解か、きちんと話し合った結果か、とにかく不文律が、いつしか成立した。学会側もまた、なんだか面倒臭そうな父には近寄らず、学会員の母にも腫れ物に触るような態度で接するようになっていった……。

ところで前記の創共協定は、わずか六年で破綻した。創価学会と共産党の対立はいまなお続いている。これは、ただ単に低所得者層の獲得競争だけに端を発するものだったのだろうか。

そうは思えない。『週刊東洋経済』が二〇一五年九月二十六日号で、すなわち安全保障関連法制の国会審議が大詰めを迎えていた時期に特集した「岐路に立つ公明党」に、創価学会の重要な裏面史がスクープされていたので引いておこう。ジャーナリスト・高橋篤史氏の筆による「極秘資料が物語る「戦時」創価学会の真実——特高警察との知られざる蜜月時代」だ。

それによれば、なるほど初代会長の牧口氏と二代会長の戸田氏は投獄され、牧口氏は獄死している。創価学会はこの事実を強調しては自らを平和勢力の砦だとアピールし続けてきた。

だが、戦時中の彼らが反戦平和を訴えた史実はないという。それどころか、たとえば一九三〇年代半ば（昭和十年前後）には、特高警察や思想検事ときわめて近い関係にあり、左翼活動家の思想を変えさせる転向政策に、ひと役もふた役も買っていた。三五年に文部省が打ち出した「学生の左傾化を宗教的情操によって防ぐ」という趣旨の通達が契機になったと見られる。

創価学会の立場が一転したのは、一九四〇年前後だったらしい。記事にはこうある。

しかし組織隆盛と反比例するように逆風は強まった。共産党弾圧が一巡すると、当局の取り締まり対象が国家神道を直接脅かしかねない宗教団体へと移ったからだ。中でも日蓮正宗を含む日蓮系教団は危険視された。仏教の開祖・釈迦や鎌倉時代の宗祖・日蓮を天皇よりも

上位に置く考え方が色濃く、他宗派に対する排他性も強かったからだ。（中略）

実は戦後、創価学会が戦時中の歴史、わけても初代牧口に光を当てるようになったのは冒頭の七〇年を境とする（引用者注・記事は一九七〇年十一月十八日付の聖教新聞が、この日を命日とする牧口氏の獄死を大きく取り上げたことから書き起こされている）。十一月十八日付の聖教新聞を毎年さかのぼると、牧口の法要が営まれたことが一面の片隅に載る程度だった。それがこの年、「貫いた戦う平和主義」との見出しの下、突然、大きな扱いに変わったのである。

高橋氏の記事は、戦時中の創価学会機関誌『新教』を素材に書かれていた。個人的に保管されていたもの以外は門外不出だった内容は衝撃的だが、彼らが現在の安倍政権で果たしつつある役割とも符合するかのような過去には驚愕せざるを得ない。創価学会の、これが本質だったということなのだろうか。

四十年近くの昔、生まれて初めて選挙権を行使することになった日の少し前、中学校の同級生が突然かけてきた電話を思い出す。卒業してからは一度も連絡を取り合っていない男だった。

「あ、斎藤？　お前さ、今度の選挙、誰に投票するか、決めたか？」

――さあなあ。

「まだだったらよ、公明党の○○さんに入れて……あ、そうだよな、やっぱり、ダメだよな、嫌だよな。悪かったな、じゃ、またな」

——おう（笑）。

彼に創価学会に関わる私の思いを話したことはなかった。でも、やっぱりいい奴だよな。どうでもいいとしか言いようのないやり取りだったけれど、妙に覚えていられたことが、二〇一六年の今になって、なんだか貴重なことのように思えてきた。

創価学会男子部隊、参議院選挙の祝勝会
1959（昭和 34）年 6 月、静岡・富士宮市　提供／朝日新聞社

最後には覚悟、そして運

あれから、どれだけの歳月が過ぎ去ったというのだろうか。何もかもが遠い昔のことだったような気がする。

私の少年時代ばかりを指して言うのではない。ここで主に綴《つづ》ろうとしているのは、それよりも二〇〇六年十二月に教育基本法の改正法案が可決・成立し、直ちに施行されて以降の、わずかに過去十年間ほどの同時代史である。

世の中が少しずつ狂ってきた兆候ぐらい、当然、それまでだって感じてはいた。本来なら一九八〇年代の国鉄や電電公社の民営化、スパイ防止法制定への動き、もっと言えば朝鮮戦争前後からの「逆コース」にまで遡る必要があるのだろうが、まだ生まれていなかったり、社会人として駆け出しだった頃の時代では手に余る。それで私は企業社会に蔓延するオカルティズムを暴く『カルト資本主義』（一九九七年）、規制緩和に伴う階層間格差の拡大を予見する『機会不平等』

（二〇〇〇年）、全体主義をむしろ歓迎したがる潮流を問う『安心のファシズム』（〇四年）といった書籍を次々に刊行しては、警鐘を乱打し続けていた。

とりわけ二〇〇一年に発足した小泉純一郎政権は酷かった。規制緩和の標的を社会のありよう全般に広げた彼の「構造改革」路線は、格差を固定化し、市民社会を二つの極に分断させたし、従来にも増してアメリカへの隷従が進められた結果、戦争に対するハードルも、著しく低くさせられてしまった。

イラク戦争のさ中には、一二つ年上の高橋哲哉・東京大学教授（哲学）との語らいをまとめた『平和と平等をあきらめない』（晶文社、二〇〇四年）という対談本を出版した。団塊の世代にかなり遅れて生を受け、お互い若い頃は「シラケ世代」とか「三無主義」と呼ばれた世代で、にもかかわらずこんな主張をしていると周りから奇妙がられますね、などという話から始まった対話は刺激的で、学ぶところが大きかった。

氏は後に確立させることになる「犠牲のシステムとしての国家」論のラフスケッチのような話をしてくれた。ファシズムがいかにして根を張っていくのかを描いたフランク・パヴロフの寓話『茶色の朝』の存在も教わった。すぐには自分自身に被害が及んできそうもない戦争を面白がる多数派の心性に話が及んだ頃だったか、現実にも銀座のスポーツバーが客のリクエストで大型画面に戦闘シーンを流してやんやの喝采を浴びた、などとの報に接して絶望的な気分に陥りもした。

担当編集者と三人でカラオケに行き、大好きな反戦フォークソング「戦争を知らない子どもたち」（北山修作詞、杉田二郎作曲）を歌ったら、高橋さんから冗談交じりに、だが笑っていない目で、「加害責任はどうなったの？」とたしなめられた。大ヒットした一九七〇年以来の定番の批判なのは承知していたが、歌手たちが後に語った弁明にはそれなりの筋が通っていたような記憶があった。何よりも「懐メロに野暮は言いたくない」と感じていた私だけれど、確かにもう、それだけでは済まない時代に入ってきているのだと、あらためて思った。

「新しい歴史教科書をつくる会」の登場で歴史修正主義が猛烈な勢いで台頭した一九九〇年代は、そちら側の人々とも一定程度の議論が可能だった。方法論が違うだけで、戦争のない世界にしたい気持ちはお互い同じだよなと共感できたことも一度や二度ではない。だが小泉首相や堕落したジャーナリズムによってイラク戦争が〝正義の戦争〟だと喧伝されるようになってからは、まともな会話さえ成り立たない相手ばかりが増えていった。

二〇〇六年九月、第九十代首相に安倍晋三氏が就任した。事前に下馬評を載せた月刊『文藝春秋』で、彼を推す理由を「家柄がいい」からだと述べていた〝有識者〟がいたのを思い出し、「ああ、やっぱり」と天を仰いだ。

いい歳をして（安倍氏は当時五十二歳）、『政官要覧』の類《たぐい》のプロフィル欄でも一行目から、「安倍晋太郎元自民党幹事長を父に、岸信介元首相を祖父とする政治家名門の系譜」としか書かれようのない、要するに血筋以外には語るべき何物もない最高権力者は、その年の暮れには教育基本法の〝改正〟を果たした。国家のための教育というニュアンスが強められたと同時に、全面的に変更された第二条（教育の目標）には「公共の精神」や「伝統と文化を尊重」など多くの徳目が掲げられて、かねて反対論の大きかった「我が国と郷土を愛する」という文言が、当然のように書き込まれた。

戦後のある時期から〝平和の党〟を標榜していた公明党もあっさり同調した。以前なら断固反対を貫いたのであろう日教組（日本教職員組合）も、土壇場で日和《ひよ》った。首を傾げる人が多かったが、この前々年の秋、大阪城公園の一角にそびえる高さ三十メートルの「教育塔」の周囲に約千五百人の教育関係者を集めて、職務中などに亡くなった教師らを祀る恒例の式典「教育祭」の様子と、主催者である日教組を取材していた私には、さして意外な反応とも思えなかった。教育祭とは戦時中の「帝国教育会」から引き継がれた、〝教育のヤスクニ〟の異名を取る催しである。実際、式典では首相や文科相の代理らの来賓たちが、靖国神社の参拝よろしく「御霊《みたま》」を連発する挨拶を重ねていた。

安倍氏は翌二〇〇七年九月に体調不良を理由に首相を辞任。後任はやはり世襲の福田康夫、麻生太郎両氏と続き、二〇〇九年九月の総選挙で、民主党に政権が渡った。いわゆる五五年体制以降、実質的には初めての政権交代は期待を集めたが、彼らが選挙公約を一応は守る気でいたらしいのは、初めだけだった。

在沖縄の米海兵隊普天間飛行場（宜野湾市）の移設問題をめぐり、県外移設を主張した鳩山由紀夫首相は日米両国の支配層および彼らに従順な大手メディアと大衆によって排除された。次の菅直人首相は市民運動出身の個性を打ち出す間もなく、二〇一一年三月十一日の東日本大震災および福島第一原発事故に見舞われて、これも退陣。新首相の座に野田佳彦氏が就くや、この国の政治は巨大災害や戦争などの大惨事で人々が陥る心理的空白の間隙を衝いて通常なら許されない新自由主義改革を進める、いわゆる「ショック・ドクトリン」（カナタ人ジャーナリスト、ナオミ・クライン氏による造語）そのものになった。

野田首相は自民党と財界、米国のほとんど傀儡だった。普天間基地の移設先に同じ沖縄県内の辺野古（名護市）以外を認めない。バラ撒かれた放射性物質も海洋の汚染も住民への補償も、何一つとして解決のメドが立っていない段階で、「収束」を宣言することまでした。〝社会保障の充実〟を謳って自民、公明両党と国会の外で消費税増税の〝三党合意〟を結んでしまう。もちろん社会保障云々は嘘であり、直後に設置された有識者会議「社会保障制度改革国民会議」は社会保障の基本思想を「公助」から「自助」へと転換する方針を確認し、翌一三年には社会保障の縮減計画を実行するための「社会保障改革プログラム法」が可決・成立されることになる。

かくて二〇一二年十二月、存在する意味を失った民主党は総選挙で自民党に大敗し、再び安倍晋三氏が首相に返り咲いた。第二次安倍政権の誕生である。アルジェリア東部のイナメナスで英国などの資本によって操業されていた天然ガス精製プラントがイスラム過激派の武装グループに襲撃され、日本人十人を含む約四十人の労働者が殺害されたのが翌一三年一月。安倍首相はこの機に民主党政権時代からの国策「パッケージ型インフラ海外展開」を「インフラシステム輸出」と改称し、経済成長の著しい新興国が求めるインフラストラクチュア（社会資本）のコンサルティングや都市計画、設計・施工、資材の調達、完成後の運営・メンテナンスに至る全プロセスを、ODA（政府開発援助）などとも連動させる〝官民一体のオールジャパン体制〟（公文書に頻発する表現）で提供・整備していく経済外交政策に資源権益の確保や、在外邦人の安全などの要素を絡ませる国家戦略を打ち出した。

少子高齢化で内需の縮小が避けられない状況を背景に、欧米の旧連合国諸国が戦後も継続していた外需獲得・拡大戦略を模したナショナル・プロジェクトの遂行には、しかし、根深く複雑なカントリー・リスクが伴う。リスクには当然、テロや内戦、戦争なども含まれる。インフラシステム輸出の国策には軍事力の後ろ盾が不可欠となることも、安倍政権が日米同盟を柱とする安全保障体制の強化・深化を急ぐ理由の一つだ。彼の率いる日本は、米国の支配下での帝国主義を志向していると言って過言でない。

二〇二〇年の東京五輪開催も決定された。この時の、一三年九月にブエノスアイレスで開かれたIOC（国際オリンピック委員会）総会こそ、おそらくは第二次安倍政権初期におけるショック・ドクトリンの絶頂を暗示するシーンだったと捉えて差し支えないのではないか。自らプレゼンテーションの壇上に立った安倍首相は、住民の健康被害をはじめ深刻さを増幅させているばかりの原発事故について、あろうことか「アンダーコントロール」（制御されている）と大見得を切ったのだ。

嘘を嘘で塗り固める政治姿勢は、その後の日本社会を溶解させていく。国を挙げて狂っていった。具体的な事例については『戦争のできる国へ　安倍政権の正体』（二〇一四年）や『「マイナンバー」が日本を壊す』『ゲンダイ・ニッポンの真相』（ともに二〇一六年）などの拙著に譲るが、本稿を執筆している二〇一六年十月に眼前で演じられている痴態だけを挙げても――。

地元住民の猛反対があろうと強行される各地の原発再稼働、エンブレム問題や予定をあらかじめ無視した巨額な予算など背信に満ちた東京五輪計画、土壌の毒性を覆い隠すための盛り土さえ怠っていた東京・豊洲新市場建設……と、目が眩むほどだ。沖縄ではどれほど抗議を重ねても在日米軍に所属する軍人や軍属による殺人や飲酒運転による重大事故が繰り返され、件《くだん》の辺野古や、オスプレイの離発着場となるヘリパッドの建設が強行されている東村《ひがしそん》高江では、反対する人々が機動隊の暴行を受けては逮捕されるケースが珍しくもない。

ショック・ドクトリンの議論では、しばしば一九七〇年代のアウグスト・ピノチェト政権下におけるチリの惨状が引き合いに出される。確かに現在の日本は、かの国の当時に近づいているようにも見える。

だが、そうした現象面以上に無惨なのは、この国で指導的立場にいる人々の、恐るべき傲慢さと劣化だ。これも目の前での立ち居振る舞いの紹介に留めるが、たとえば豊洲新市場建設の責任者だった石原慎太郎・元都知事が各方面の追及から逃げ惑う無様や、白紙の領収書に勝手な金額を書き込んで経費をでっち上げる政務活動費の不正受給を国会で指摘された稲田朋美防衛相や菅義偉官房長官が、「政治資金法上の問題はない」と居直る厚顔を連日のように見せつけられる悪夢は耐え難い。ちなみに稲田防衛相の場合、夫名義でＩＨＩや川崎重工業、三菱重工業などの防衛関連企業株を大量に取得していた事実も明らかになっている。インサイダー取引に問われない理由は不明である。

まだまだあるが割愛。思い出されてならないのは、作家の矢作俊彦氏が森喜朗首相時代の二〇〇〇年十月二十九日付の朝日新聞朝刊「ｅメール時評」欄に書いていた「森首相への根源的疑問」という一文だ。

この人はいったい何なのだろう。なぜ、ここにいるのだろう？

という書き出しで始まり、過去にも主義主張に暗然とする人物、倫理観の無い人物など、いろいろな首相を見てきたが、「今首相の座にある人物は、このレベルでは語れない」として、

大人の人間として、すでに大きな問題を抱えている様子なのだ。（中略）この人は今、私たちの目の前で国を滅ぼそうとしている。

この人に怒ったところで、だから何も始まらない。国民は、まともな知性と教養を持ちながら、この人を首相にすえて平然としている与党幹部諸氏を怒るべきである。そして、この人を国会に送り出した有権者ともども、深く深く自省すべきなのだ。

と結ばれた短いコラムが、私には鮮烈な印象を残し続けている。森首相はまぎれもなくあの時点では戦後最悪の総理大臣で、ゆえに支持率も一桁にまで落ち込んで翌二〇〇一年四月に辞任へと追い込まれたのだったが、現代の与党政治家たちが、彼よりはマシだと言えるだろうか。私には上から下まで全員が全員、よくて森首相並みか、それ以下に成り下がっているとしか思えない。

それでいて安倍首相は、何か尋常ならざる使命感に囚われている様子だ。だから怖い。しかもそれは、ひとり彼だけでなく、彼ら一族の悲願らしいのである。

故・岸信介元首相の娘で故・安倍晋太郎元外相夫人、安倍晋三首相の母親でもある安倍洋子さんのロングインタビューが、『文藝春秋』二〇一六年六月号に掲載された。編集部がつけた（と思われる）「晋三は『宿命の子』です」というタイトルに同意していないはずがない彼女は、還暦を過ぎた息子を臆面もなく褒めちぎり、あまつさえ、こんなふうに語ったのだった。

五十五年の歳月を経て、父と同じように国家のために命を懸けようとしている晋三の姿を見ていると、宿命のようなものを感じずにはいられませんでした。

彼ら彼女たちにとって、政治は、というより国民支配は〝家業〟だという認識であるらしい。そうでもなければ、ここまでマンガチックな、恥ずかしい書かれ方をした御曹司の方が、過保護ママの暴走を制止しない道理がないではないか。

安倍政治が自分と自分に近い人間や、組織以外の者の生命や尊厳に対する想像力を決定的に欠いている理由がよくわかる。右だの左だのの以前の問題だ。私はこのような人たちに操られるために生まれてきたのでは断じてないと考えている。

この十年の間に凄まじい変貌を遂げたという点では、ネット環境も軌を一にしている。技術面やこれに伴うビジネスの効率性だけを見れば〝進歩〟だということになるかもしれないが、人間社会という観点からはいかがなものだろう。

かつてはメディアの関係者か、そこにアクセスできる立場の人だけに独占されていた情報発信が、誰にでもできるようになった。したがって集合知の水準も飛躍的に高まると騒がれた。理屈の上では素晴らしかった。

現実はかくのごとしである。ネットの発展は歯止めにはならず、かえって集合愚を肥大化させたと言わざるを得ないのではないか。期待とは逆のベクトルが働いた。他人の誹謗中傷や差別的言辞がネットの外の空間にまで蔓延《はびこ》り、社会全体も個人一人ひとりの心も荒廃した。

言論のプロであるはずのジャーナリズムやアカデミズムの領域にさえ、いまや素人のブログやツイッターと大差ないものが溢れている。〝戦争を知らない子どもたち〟が世の中の大半を占めるようになったこと自体は、それだけ平和な時代が長く続いた証明なのだから、誇らしくて胸を張りたいところだが、その分、戦争をアニメのようにしか感じられない人々が増えすぎた。二〇〇七年から『まんがで読む防衛白書』を発行している防衛省が、近年は自衛官の募集にも〝萌え〟系美少女のイラストを濫用したり、安倍政権に寄り添うメディアの代表格の一つである月刊誌『正論』の表紙が、二〇一六年の二月号から十月号までアニメ絵に切り替えられていた等々は、実に象徴的な現象である。

ネット社会の横溢がなければ、当然、いわゆるネット右翼も現れなかった。彼らは徒党を組んでは、在日コリアンをはじめとする社会的弱者たちに――朝鮮学校などでは年端もいかない子どもたちにまで――拡声器で罵声を浴びせて恥じない。反戦や反原発のデモ隊には容赦のない警察も、彼らには見て見ぬふりである。かつて白戸三平や水木しげるら、幾多の大家を輩出した偉大な漫画誌『ガロ』の発行元だった出版社「青林堂」が、経営母体が代わったためとはいえ、昨今はヘイトスピーチを活字にしたような雑誌や書籍ばかり発行しているのが悲しい。

ネット空間に横溢する彼らは、しかし、実社会では決して多数派ではないに違いない。とはいえ〝デジタル・ファースト〟が叫ばれ、既存のマスメディアもネットの動静に左右されがちな時代には、ネットで声が大きい勢力はイコール社会全体のマジョリティでもあるかのように取り上げられやすい。存在感は高まる一方だ。特に安倍政権と自民党がネット右翼から受けている影響は強烈で、もはや両者の違いがどこにあるのかもわからなくなった。

自民党だけに限られた傾向であるなら、まだいい。私には二〇一三年十月に東京・日比谷の帝国ホテルで開催された日本経済新聞社と米国のシンクタンク・CSIS（Center for Strategic & International Studies＝戦略国際問題研究所）の共催によるシンポジウム「新時代の日米同盟――未来への助走」に参加して、寒気を覚えた経験がある。リチャード・アーミテージ元米国務副長官やマイケル・グリーン元米国家安全保障担当大統領補佐官らが、日本の自衛隊を米国の世界戦略により深くコミットさせたい発言を重ねるのは想定の範囲内。ところが民主党の長島昭久・元防衛副大臣が、近年は米国の〝世界の警察官〟たろうとする意欲が薄らいでいるようなのが気になるとして、こんなことを言い出したのだ。

「もっともそれは、日本が前に出るチャンスなのだとも言えますね」

この言葉を受けて、グリーン氏が、

「たとえば米日のNSC（国家安全保障会議）が毎年二回ほど、密度の濃い戦略会議を開く。われわれがイスラエルや台湾、韓国、英国などで重ねてきたことです。現在はオーストラリア人が務めている太平洋陸軍の副司令官に日本人が就任する時代が早く来るといい。基地の共同使用も進めて、米軍の基地に日の丸の旗も掲揚されるような日を期待する。次世代戦闘機の開発には日本の産業界もぜひ参加してほしいと思います」

日本経済新聞社とＣＳＩＳの共催によるシンポジウムは、これで十回目を数えていた。両者はインターネット上の電子会議システムを活用した政策提言機関「バーチャル・シンクタンク」も創設している。権力のチェック機能でなければならない新聞社が、米国のジャパン・ハンドラー（日本を操る人々）の総本山と言われる機関と共同事業を展開しているという事実だけでも、私には異常に思えた。詳細は拙著『戦争のできる国へ　安倍政権の正体』を参照されたい。なお長島氏は一九六二年生まれ、幼稚舎からの慶應ボーイで、石原慎太郎氏の長男である石原伸晃衆院議員（自民党）の秘書から始めて米国に渡り、外交問題評議会の研究員や首都ワシントンにあるジョンズ・ホプキンス大学ライシャワー研究所の客員研究員などを経て、二〇〇三年の総選挙で初当選した。一六年七月の東京都知事選、九月の民進党代表戦では出馬を検討したとも報じられている。

日本社会から「失われたもの」とは何だろう。平和と平等を願う心、自由、人権、真摯さ、恥を知る意識、人としての最低限の嗜み、本当の意味で自律した生き方を許容する世の中のありよう……等々、いろいろ思いつく。

「言葉」もそうだ。いや、これは「失われた」というより、「奪われた」と表現するべきなのかもしれない。

政府が二〇一六年九月にスタートさせた有識者会議〝働き方改革実現会議〟（議長・安倍晋三首

相）の名称に、私は激しい違和感を抱いている。委員の名簿には連合の会長の名前も発見できたが、働く人間の主体性を尊重した方向性が導かれるとは考えにくい。「長時間労働の是正」が謳われてはいても、第一次安倍政権時代の〇六年に竹中平蔵・元総務相の提言を受けて経済財政諮問会議が打ち出した「労働ビッグバン」構想の実現を目的に設置されたという会議そのものの成り立ちに照らせば、例によって「働かせ方会議」にされていく可能性が高いのではないか。

任命された委員たちの中でも、最もマスコミの注目を集めたのは、一九八〇年代に一世を風靡した女性アイドルグループ・おニャン子クラブのメンバーだった女優の生稲晃子さんだ。報道は乳がんの治療を受けながら活動を続けている彼女の生き方に集中して、会議の行く末は一般の関心の外に追いやられていたが、委員名簿が発表された当日九月十六日付の日本経済新聞朝刊に掲載された一面トップ記事「社長１００人アンケート」が、事の本質をよく伝えていた。

それによれば、社長たちが「働き方改革」に期待する施策は、「裁量労働制の拡大」を望む声が五一％で最多。「テレワーク・在宅勤務の促進」の四三・五％、「脱時間給の導入」の四二・二％がこれに続き、以下、「解雇の金銭解決の導入」「外国人労働者受け入れの促進」「高齢者雇用の促進」「残業時間の上限設定」の順だった（三つまで選択）。少し考えると、さらなる人件費削減のためのメニューを、なんとなく格好よさげに表現したキャッチコピーでしかない実態がわかる。

この国の政府のやり方は、ほとんどネーミング詐欺に等しい。過去に何度も廃案にされてきた

「共謀罪」を創設する法案は、先進各国で頻発するテロ事件を受け、あるいは二〇二〇年東京五輪を控えて、〝テロ等組織犯罪準備罪〟として装いも新たに再々再度、一六年中か一七年の国会に提出されることになった。成立すればすなわち密告の奨励であり、仲間同士でも互いを信じられない社会が招かれるのではないか。共謀罪と関係の深い〝通信傍受法〟も、元はと言えば一九九九年に国会で審議された際、法務省の刑事局長がマスコミに「盗聴法と呼ぶな」と求めて一般化させた法律名だった。

私たちはすでに二〇一五年十月から、名前ではなく番号で管理されるようになっている。政府にとって国民一人ひとりは番号でしかなく、そこにはすでに人格が存在しない。〝マイナンバー〟と名付けられた国民総背番号制度だが、これらはあくまでも政府に一方的に割り当てられたものでしかない個体識別番号だ。「いのちは言葉から壊れる」の項で紹介した「パーソン論」の拡大解釈が、すでに全国民へと及んでいる証左とも言える。運用する側が自らを本質的には適用除外としていることは、改めて指摘するまでもない。事実上の「スティグマ（奴隷の刻印）ナンバー」を、まるで私たち自身が自ら希望して取得させていただいたかのように呼ばされる屈辱を放置しておくことは人間の名折れだと、私は思う。

他にも、「監視カメラ」が〝防犯カメラ〟、「取引税」が〝消費税〟と言い習わされては、それぞれの本質を私たちが誤解するように仕向けられている。実質的な「戦争法制」である〝平和安全法制〟の官製名称だけは、さすがのマスコミは回避して、概ね「安全保障法制」という、よくわからない表記に改めてられてもいるけれど。

それこそ「言葉の遊びだ」だと軽く見ない方がよい。「言霊《ことだま》」という言葉は伊達ではない。言葉というものは、時としてとてつもなく重い意味を帯びることがある。

二〇一三年七月の参院選で、野党のある候補者が、一人の若者の、こんな嘆きを紹介していた。「『夢』という言葉が大嫌いになりました」。

若者は、その少し前まで破竹の勢いだった居酒屋チェーンの元社員。「夢に日付を入れろ」をはじめ、創業オーナーの発案による「夢」だらけの経営理念が掲げられていたこのチェーンの実態は、長時間労働と低賃金、カルト宗教もかくやの労務管理に他ならず、倒れる人間が続出した。過労自殺に追い込まれた女性もいる。

「夢」とは株主や経営者だけが享受できる、ローコストの労働力のことだった。問題のチェーンにはその後、〝ブラック企業〟の烙印が押されて今日に至っているが、この居酒屋は若者にも馴染み深い分だけ目立ったのにすぎないので、事の本質を矮小化させかねない批判の集中は避けておいた方が無難だと思う。これもまた言葉の怖さだ。

まだまだある。本来はたとえば人間性のような、数字では測れない領域でも豊かに使われていた「成長」が、「経済成長」の省略形以外の何物でもなくなって久しい。「正義」もまた、イラク戦争当時のジョージ・W・ブッシュ大統領や小泉首相に連発されているうちに、戦争を正当化する言葉に定着してしまった感がある。二〇一六年十月には、内戦再燃の危険が高まっている南スーダンへの自衛隊の派遣を急ぐ安倍首相が参院予算委員会で、七月に発生して数百人の市民や中国のPKO隊員が死亡した大規模な戦闘について、「戦闘ではなく、勢力と勢力がぶつかった〝衝突〟だ」と強調し、さらに衆院予算委では「南スーダンは、われわれが今いるこの永田町と比べればはるかに危険な場所だ」とする軽口の種にした。

私たちはそして、いつの間にか、こんな時代に慣らされてきてはいないか。人間は鈍感で、環境に順応できるからこそ生きてもいかれる。だが、慣れてよいことと悪いこととがあるはずだ。

二〇〇〇年代の前半から半ばにかけての頃だったか、私はよく講演などの場で、「日本社会の底が抜けつつある」という表現を試みていた。底があるから落し物はそこで止まり、雨が降れば水面の上昇とともに浮上するのに、底が抜ければ何も戻ってこなくなる。

あれから十余年。日本社会の底はどうなっただろう。刑事法学の泰斗である内田博文・九州大学名誉教授は、二〇一五年十二月に出版された『刑法と戦争』（みすず書房）で、戦時中の日本国民を縛り抜くことになる改正治安維持法を国会が可決・成立させた一九二八（昭和三）年こそ、戦前史の致命的な転換点だったと位置づけている。その上で内田教授は、

今、私たちが置かれている状況は、この昭和三年に似ている。

とも述べた。この指摘が誇張でなく、「歴史は繰り返す」の故事が歴史の真理であるならば、一

九三一（昭和六）年に勃発した満州事変に相当する一大事が近い将来のいつ起こっても不思議でない、ということになる。

二〇一五年七月、ユネスコ（国連教育科学文化機関）の世界文化遺産に、「明治日本の産業革命遺産」合計二十三施設が登録された。鹿児島の旧集成館（島津斉彬が推進した大砲鋳造、紡績など日本最初の西洋式産業工場群跡）をはじめ、長崎の高島炭鉱や端島《はしま》炭鉱（軍艦島）、長崎造船所、福岡の三池炭鉱、八幡製鉄所、岩手の橋野鉄鉱山など、九州および山口県の施設を中心に、政府が「幕末の一八五〇年代から一九一〇（明治四十三）年までに急速な発展を遂げた重工業の産業遺産」という括りを強調した申請が認められた形だが、ここに萩市の城下町と「松下村塾」が紛れ込んでいたのが奇異である。工業地帯でもない町並みや、民間の兵学塾を「産業遺産」とは呼べないはずだが、二十三の施設を合わせて近代日本の「富国強兵・殖産興業」のシンボルだと捉えると、たやすく説明がつく。

松下村塾は兵学者・吉田松陰（一八三〇—五九）が幕末に主宰し、伊藤博文や山縣有朋ら、幾多のいわゆる明治の元勲たちを輩出した私塾だった。世界遺産申請の前後に企画・放送されたNHKの大河ドラマ『花燃ゆ』が松陰の妹・文を主人公に、松下村塾を舞台に設定していたのが記憶に新しい。ドラマでは脇役だった松陰自身にも、若き日に『幽囚録《ゆうしゅうろく》』で綴った軍事的膨張論が没後に持て囃され、後の大日本帝国の思想的支柱とされていった歴史がある。

第二次大戦中の一九四二年に刊行された福本義亮《ぎりょう》『吉田松陰・大陸南進論』（誠文堂新光社）の「はしがき」を引いておく。『幽囚録』の一節を辿るようにして、萩出身の実業人であった著者は書いていた。

さりながら、いま八十年後の現時の日本の眞姿を静かに念視するがよい。前にも謂《い》つたやうに、愈々《いよ》大東亜戦争となつて緒戦以来天祐的な一大偉功を奏して、いまや日本は世界の歴史を一転せしめんとしてゐる。即ち日本は正しく大陸に進出して、鮮、満、支一環となつて新東亜の新建設に乗り出してゐる。更に佛印（引用者注・仏領インドシナ）・泰（同・タイ）とも和親同盟を結んで、遠くは南洋に進出し、更に太平洋を横断して、米の太平洋、英蘭の南洋を一手に収め、大東亜共栄圏の建設に、まつしぐらに心魂力を捧げてゐる。（中略）

松陰先生は、この世界の皇道仁義化といふ肇国精神の第一歩の植ゑ付け場所を、曰く、大陸・南進に求めてゐられたのである。そしてこれを日本人の聖血に求め、これを我が民族の雄略史に求めてゐられる。茲《ここ》に松陰先生の眞個日本的な雄渾なる大志があり、深遠なる哲理があり、崇高なる理想があり、千古不易の國策がある。

時代は新たな富国強兵・殖産興業、さらには米国に寄り添いつつの新しい大日本帝国に向かっている、のではないか。政府は二〇二〇年東京五輪に続けて、二五年の万国博覧会を大阪に招致する計画も進行させている。一六年十月には菅義偉官房長官が、明治元年から数えて一五〇年目になる翌々一八年には各地で大々的な「明治一五〇年」記念イベントを展開したい意向を明らかにした。

復興と高度経済成長を世界に誇示した半世紀前には、まだしも日本社会の形成者たちに過去への反省が共有されていた。現代はどうだろう。当時と同様の、国威発揚の国策ムーブメント・ラッシュに、私たちはそれでも筋を曲げずにいることができるのか。最後には人間一人ひとりが人間であり続けることへの覚悟と、運がすべてを決する。

スパイラルの縁で
――『紫電改のタカ』と二十五年ぶりのちばてつや氏

矢吹丈の横顔が描かれた特大パネルのある応接間で、その人は私に語った。

「今、なんかこう大ーきな渦《うず》があって、私たちはその縁《ふち》の方にいるんですよ。まだね。でも渦なんだ。中に入っちゃったら、誰がどうしようが出られない。そこへ入っていく、スパイラルになって、自分から。そういうことにならないように――」

二〇一六年七月の某日、東京都内にある漫画家・ちばてつや氏（一九三九年生まれ）の自宅を訪ねた。「矢吹丈」とはもちろん、氏の代表作『あしたのジョー』の主人公である。

ちば氏とは二十五年ぶりの再会だ。前回はまさに『あしたのジョー』に関わるインタビューで、氏の述懐は拙著『夕やけを見ていた男――評伝梶原一騎』（新潮社、一九九五年。後に新潮文庫、文春文庫を経て、最新の朝日文庫版では『「あしたのジョー」と梶原一騎の奇跡』と改題）にたっぷり盛り込ませていただいたのだったが、今回は取材の目的が異なる。「ジョー」は「ジョー」でも、太平洋戦争末期の若き航空兵・滝城太郎を描いた『紫電改のタカ』についてと、二〇一六年現在の時代状況をどう捉えておられるのかとを、併せて伺いたいと思った。

なぜか。この作品は一九六三年七月から六五年一月にかけて『少年マガジン』に連載されている。戦記漫画が流行していた時期だったが、『紫電改のタカ』はヒーローたちがひたすらカッコよかった先行作品群とは一線を画して、派手な空戦シーンやちば氏らしいギャグもありはしたものの、全編が暗く重々しく、陰惨な雰囲気に覆われていた。終盤、敵の撃墜王モスキトンが日本人を憎悪した理由を告白する展開ともなると、もはや救いもない。ついには主人公と戦友たちが揃って特攻に出撃したのち、何も知らずに母親と幼馴染の女性が滝に面会しようと、好物のおはぎ持参で基地のある大分の駅で微笑み合うラストで終わるのである。

その『紫電改のタカ』を、私は幼稚園児だった連載中から愛読していた。大半の戦記ものが主人公を太平洋戦争初期の花形機「零戦」や「隼」を操縦させたのに対して、滝の愛機を「紫電改」にしたことからして他との違いは子ども心に感じていたし、敢えてそうした経緯や思いを、ちば氏自身が述べた文章を読んだこともあった。

それで私は、もう一度、ちばてつや氏に会いたくなった。

私の父・斎藤三三二《ささじ》が亡くなったのは、一九七九年二月五日のことである。六十六歳だった。

ちばてつや『紫電改のタカ』より

学生だった私は、入院はしても危篤にまでは至っておらず、だけれど死を覚悟したらしい頃の父を、幾度か怒鳴りつけていた。

「父ちゃんがこんな病気ごときで死ぬわけないじゃんか。シベリアのラーゲリ（収容所）で、十一年もの強制労働に耐え抜いた男だろ。早く治って、家に帰って来てくれよ」

だが、最期はあっけなかった。もはや時間の問題だと悟らされ、家族の誰かだけでもきちんと看取ろうと、年末年始から母や妹と交替で病室に寝泊まりしながら、何度も泣いて、いろんなことを考えた。多くは父との思い出だったが、ある日、ふと次のような自問自答に辿り着いた。

――ホントに死んでしまうのか。親父もやっぱり、所詮はたまたま戦争を生き延びた人でしかありはしなかった。親父ばかりじゃない。俺が接してきた大人はみんな、運よく死なずに済んだ人たちだ。あの戦争では、いや古今東西のあらゆる戦争のたびに、死にたくない、死にたくないと叫びながら、死に追いやられた人たちが、いくらでもいた。なのに、俺は……。

人間は必ず死ぬ。ただし、天寿を全うできるか、他人のせいで命を奪われるかの差は、とてつもなく大きい。当たり前の結論を思い知らざるを得なかったのには、それなりの訳があった。

私はそれまでの長い間、父をはじめとする戦争体験者に憧れていたのである。「羨望」とか、「コンプレックス」と言い換えた方が適切かもしれない。

母もだが、私の少年時代の大人たちは親戚も近所の人も学校の先生も、誰も彼もが戦火をくぐり抜けた経験の持ち主だった。凄まじい半生を経て、そして今、自分の目の前にいる。そんなことを考え始めると、父に面と向かって歯向かうなんてとてもではないが恐ろし過ぎたし、反抗期真っ盛りの中学や高校時代、教師に突っかかっている時でさえ、どこかで気後れしそうな不安を拭い切れなかった。

――この人たちに比べて、俺はいったい何なんだ。ぬるま湯の、見せかけの平和にどっぷり浸かって、怠惰な毎日を送っているだけ。シラケ世代だの三無主義だのと一括りにされるのはトサカに来るが、実際、その通りだもんな。

そこまでならまだしもだ。時には漠然と、こんなふうにさえ。

――いっそまた戦争が始まり、俺も徴兵されて戦場にでも放り込まれれば、少しは筋金の入った男になれるんじゃないかなあ。

当時も今もありがちな「最近の若者はたるんどる。軍隊で鍛え直さんといかん」式の短絡をさらに悪質にしたロジックを、そうされる側が、喜んで受け容れかねなかったことになる。だからといって自衛隊を志願する選択肢はあらかじめ度外視しているのだから本気であろうはずがない自覚もあって、ますます自己嫌悪が強まった。

もちろん私とて、いきなり浅薄な思いつきに立ち至ったのではない。戦争体験者に対するコンプレックスを一歩ずつでも打ち消していくために、まずはひ弱でおとなしい性格を変えなくてはと、無理やりケンカをした。大した原因もなかったのにだ。

七〇年安保闘争の敗北で行き詰った学生運動が内ゲバを激化させ、あるいは一連の連合赤軍事件まで発生するに及んだ顚末も、私の心には小さからぬ影を落とした。彼らの思想はよくわからなくても、活動家のお兄さんお姉さんたちがああして暴れている下地には、もしかしたら自分と同じような、いや、戦後間もない頃に生を受けた分だけより強烈な、戦争体験者たちへの屈折した思いがあるのではないかと、かねて感じていたから。

だから自分もいずれ、というふうに考えたことはない。ただ、気になる先輩たちではあった。ではあるけれど、山岳ベースで大勢の仲間をリンチにかけて殺したり、あさま山荘の罪もない管理人夫人を人質にとって立て籠もった挙げ句に生け捕りにされたりでは、お話にもならないと思った。

時代状況の中でともすると革命志向っぽくなりがちだった傾向が父の逆鱗に触れたことなどもあり、私は軽佻浮薄にも、逆に右翼チックな思考パターンにも染まりかけた。父を抑留したソ連も憎い。三島由紀夫を読み漁ってみようと試みたのは、彼が東京・市ヶ谷の自衛隊駐屯地でクーデターの必要を説いて割腹自殺を遂げたからに他ならなかったし、ポスト佐藤栄作を争ういわゆる三角大福中（三木武夫、田中角栄、福田赳夫、大平正芳、中曽根康弘）の中では、バリバリの改憲派で、「青年将校」の異名を奉られていた中曽根氏に関心を向けた。

だが結局、自分自身の生身による行動は、どれもこれも中途半端。ケンカは二、三度でもう懲り懲り、中学時代にかじりかけた空手の稽古にも付いていけなかった。もともとが非力でヤワなのだから、無理は続かなくて当然ではある。

では三島や中曽根かぶれだけが残り、膨らんだのかというと、それも違う。自らの肉体を傷つける行動を厭う自分に、天下国家がどうの、戦争がこうのと大層な思いを馳せる資格など、これっぽっちもない。卑怯で無責任で、男らしくないと思った。

私見だが、男なんて野蛮で好戦的で、すぐに戦争を起こすのだという定説は、ややズレているとも思う。現実を見渡せば、末端の兵隊はともかく、自らに戦争を決定する権限があると思い込んでいる人間に男も女もないことがわかる。戦争はジェンダーの問題ではなく、彼らの経済的な損得勘定によって引き起こされるのではないか。当時も現在も、私にとって頭でっかちな右翼ほど許せないものはない。頭でっかちがろくでもないのは左翼だって同じだが、共産主義国ではない日本では、権力との親和性が高いだけに、右翼の口先先行型は、なおのことタチが悪いと考える。

もっとも、こんな具合の屁理屈で自分を説明するようになったのは、ジャーナリズムの仕事に就いて以降の成り行きだ。中学・高校当時の私が昨今で言うところのネット右翼のようにならずに済んだのは、一種の防衛本能だったのだろうとしか言いようがない。

それやこれやの気持ちの動きの果ての、「いっそ戦争でも」だった。そこに思想はない。あったのは、ただ投げやりでいいかげんな気分だけ。こと戦争に関してそのような姿勢でいられた唯一の大前提は、自分は父たちと同様の、生き延びる組なんだと、何らの根拠もなく思い込んでいた脳天気に尽きる。日本が加害者であった国々の人々に対しては言うまでもなく、国内の戦死者や空襲その他の犠牲者たちに対しても、これほどの無礼はない。死ぬまで反省し続けるしかない。私が一時期とはいえ、あんなことを考えるように育ってしまったのには、心当たりがないでもない。父は自分の戦争体験をほとんど話してくれなかった。終戦までの、関東軍に所属していた頃についてはもっと口が重くて、せいぜいが、

♪起きろよ起きろよ　みな起きろ
　起きないと班長さんに叱られる

という、起床ラッパのメロディに合わせた兵隊の戯れ歌（作詞者不詳）を口ずさむくらいのものだった。家族には優しい父だったが、戦場での行為が人の道を踏み外していなかった保証はない。加害と強制労働を区別せず、どちらも語らぬことが美徳だと信じていたからなのか、せめて私たちには底抜けの平和だけを与えてくれたかったのか、おそらくは両方だったに違いないけれど。

私はだから、父というまさにその渦中にいた生き字引と毎日顔を突き合わせていたにもかかわらず、戦争のむごたらしさなど何もわからなかった。したがって戦争に関する私の考えの基になる知識は、母に聞かされた銃後の生活を除くと、メディアからの情報に偏った。

かくて前述の、一九六〇年代における戦記漫画ブームが意味を持つことになる。『紫電改のタカ』の登場以前は、辻なおきの『0戦太郎《ゼロ》』（『少年画報』六一―六四年）、貝塚ひろし『ゼロ戦レッド』（『冒険王』六一―六六年）、九里一平『大空のちかい』（『少年サンデー』六二―六三年）、辻なおき『0《ゼロ》戦はやと』（『少年キング』六三―六四年）などが人気を博していたが、やはり記憶に生々しいのは、フジテレビ系でアニメ化もされた『0戦はやと』である。

♪見よ　あの空に　遠く光るもの
あれはゼロ戦　ぼくらのはやと
機体に輝く　金色《こんじき》の鷲
平和守って　今日も飛ぶ
ゼロ戦　ゼロ戦　今日も飛ぶ

「パッカパパッパ〜　パッパカパッパッパッパ〜」と、悲壮なラッパで始まる主題歌は忘れがたい。勇ましい出撃シーンには、主人公の東隼人《あずまはやと》が所属する「爆風隊」のテーマソングが流れた。

♪エイエイオー！
俺たちゃ　天下の爆風隊

嵐竜巻　どんと来い
なんだそんなもの　メじゃねえや　オー
ガガッと出発　ズズイと離陸
かっこよく行こうぜ　オー

いずれの作詞も、後にテレビドラマ『北の国から』で知られることになる脚本家の倉本聰だ。彼は『0戦はやと』の番組のシナリオも書いていた。本人への取材は叶わなかった。なお作曲は二曲とも渡辺岳夫。映画や舞台の音楽を数多く手がけた音楽家だった。

まだ子ども向けのアニメーションの黎明期だったので、戦記ものに特段の興味がなかった私も毎週のように観、掲載誌もよく行く床屋さんで読んで、凛々しい隼人に魅了された。伊賀忍者の子孫で少年撃墜王。甲賀忍者の血を引くライバル・一色強吾《いっしききょうご》と切磋琢磨しながら大活躍するのである。厳しくも温かい〝鬼大尉〟こと宮本隊長や隼人の親友の大山、石川五右衛門の末裔を自称する石川八衛門らの登場人物たちも大好きで、いつの間にか紛失してしまったが、私はあの頃の雑記帳に、エイトマンや鉄人28号とともに、彼らの似顔絵をこれでもかとばかりに描いていた。

改めて振り返ると、私の「いっそ戦争でも」の大元には、この『0戦はやと』があったのでは、とも考えてしまうことがある。爆風隊のテーマのラストにあったように、なにしろ隼人の戦争はカッコよかった。いくら何でも漫画と現実を本気でごっちゃにするほどには愚かでもなかったと思いたいのだが、幼児期の刷り込みには凄まじいものがある。

あの頃の戦記漫画ブームをめぐっては、私のようなバカガキの増殖を恐れた人々が、当初からたくさんおられたらしい。『0戦はやと』のアニメ企画を番組制作会社が関係各方面に売り込んだ際にも、各放送局の労働組合やPTAに猛反発されたと伝えられる。とすればその人たちの危惧は、少なくともあの時期の私には的中してしまっていた可能性があるわけだ。

カッコいい戦記漫画に心を痛める人々の中には、ちばてつや氏もいた。そのことはかなり前から承知していたが、二〇一四年に作品ごとの秘話を綴った『ちばてつやが語る「ちばてつや」』（集英社新書）が出版され、『紫電改のタカ』の項にも、〈どれも主人公が格好いいヒーロー漫画になっている。（中略）こんな描き方をしたら、読んだ子供が「戦争は格好いい」と思い込んでしまうのではないか〉とあるのを発見して、私は面談を申し込んだのだった。

趣旨を話すと、ちば氏は静かに語り始めた。

「そう……。まだ戦争が終わって十年も経ったか経たないかの頃から、つまり、つい最近までやっていたというのに、少年雑誌の図録絵とか、パノラマとかに始まってね。漫画となると、みんな戦果を挙げて、何機やっつけた、何艘《そう》沈めたぞって、そんな漫画がたくさん出てきた。私はちょうどその頃、いろんな手記や遺書を読むようになったのが重なったんですね。戦闘機乗りのが多かったんですが、そうすると、（漫画の方は）どうしてこんなに格好よく描いてしまうのかな、それは撃墜王なんて人もいたろうけど、その何千倍、何万倍の人が死んだり辛い思いをしたのに、どうしてそっちの方を書かないのかなあ、と」

――その話を編集の人に話されたのですね。

「『少年マガジン』の担当者が『ちかいの魔球』（一九六一―六二年）に連載されたプロ野球漫画）の時と同じ人で。熱く語ったからなのかなあ、ちばさんがそう思うんだったら、その思いを描いてみたらって、賛同してくれたんです。

反戦をテーマにしたつもりはありません。ただ、戦争とはすごく残酷なものです。勝つ側の視点ばかりでは嘘だと思う。僕は水木しげるさんのような兵隊の体験はないけど、そういうことは身をもって――私は満州からの引揚者ですから」

『紫電改のタカ』はこうして始まった。それでも商業誌にはおのずと限界もある。連載が進むと、編集者の注文が増えていったという。

「重い、暗い話になってしまうから、子どもたちには辛いんですよね。やっぱり漫画っていうのは、読んでスカッとしたいのに、重い話だと、どうしても、『えー』ってなるのかなあと、葛藤がありました。

担当さんも気が気でなかったんでしょう。『ちかいの魔球』はどんどん人気が上がって『マガジン』の部数も伸ばした手応えがあった。もうちょっとワクワクする展開にできないかと」

作品を改めて読むと、そんな折々に挿入されたのであろうエピソードはすぐにわかる。滝城太郎が「逆タカ戦法」を駆使して敵機をばったばったと撃ち落としたり、無人島の洞窟が秘密部隊の滑走路だったり。空襲で破壊された兵器工場を滝が特殊な訓練場に改造していて、何かと因縁をつけてくる部下とそこで対決する場面もあった。

ちば氏の言葉は熱を帯びていく。

「(航空兵たちは)子どもじゃないから、どうしてだと疑問を持つわけです。これから好きな女《ひと》ができるかもしれないし、こういう人間になりたいとか、でもそんな夢をあきらめて、死んでいかなくちゃならない。

『紫電改のタカ』を描いた頃の私は、ちょうどそれくらいだったでしょう、年齢的に。だから自分に置き換えて……。

特に戦闘機乗りになるようなのは、体が元気で、目もいい、頭もいい、運動神経もいい。日本人の代表ですよね。そういう人たちが爆弾で死んでいったっていうのは本当に口惜しいし、もし半分でも生き残ってくれていたら、今の日本は違っていたんじゃないか。もうちょっと賢い人たちが残ってほしかった」

――『紫電改のタカ』も、最後にはみんな特攻に出撃していきました。誰かが生き残って戦後につながっていくのではとも思ったのですけれど、滝も戦友たちも、全員が……。

「それを指示した上官もね。実際にもそういう話はあったんです。

本当にもったいない。ああいう人たちが、今の日本をどう思うのかなあって。われわれが命を捧げた甲斐があったと思ってくれるのか。何なんだ、これは。どこへ行くんだ、お前たちは、と考えるのか」

——私は回り回った末に、ではありますが、今ではちば先生の思いを私なりに汲み取れているつもりです。ただ、漫画を含めたメディアというものの影響力の怖さも、改めて考えさせられてしまいました。

「最近のマスコミは国のためではなくて、自分や会社の利益のためにやっているのかと思うことが多くなりました。何かに気を遣って喋っているんじゃないの、とかね。〝ざわっ〟と感じる。誰かに後ろから見守られているから、途中で話をやめたり、慌てて発言を遮って他の話を持ったりしたのでは、と。以前はもうちょっとしっかりしていたような気がするんですが、こういうことが強くなっていく、絶対に——」

冒頭で紹介しておいたちば氏の「大きな渦」という表現は、この直後に発せられたものである。

「……そういうことにならないように、ものを言う人は頑張ってほしい。斎藤貴男さんにも(笑)。私もできるだけ、戦争の悲惨さを知っている人間として、若い人に伝えていきたい。嬉しいことに、(漫画の分野でも)自分は戦争を体験していないが、ご両親の体験を元に調べて、人間はどうしてこんなことを繰り返しているのかを描けるような作家たちが育ってきているんですよ」

そう言ってちば氏は、二〇一五年度の日本漫画家協会賞大賞を受賞したおざわゆき氏の名を挙げた。『凍りの掌』で父親のシベリア抑留を、『あとかたの街』で母親が被災した名古屋大空襲を

おばさん もうすぐ 城太郎《じょうたろう》さんのいる 大分《おおいた》に着《つ》くわ
ええ・・・・
あの子《こ》 太《ふと》ったかしら やせたかしら・・・・
もし やせても すぐ 太《ふと》ると 思《おも》うわ
だって 大好物《だいこうぶつ》の おはぎを こんなに 作《つく》ってきたん ですもの
ほほほ ほほほ ・・・・
ふふふ ふふ・・・・
そのころ 滝城太郎《たきじょうたろう》は はてしない大空《おおぞら》に 飛《と》び立《た》っていった 母《はは》を捨《す》て 信子《のぶこ》を捨《す》て ・・・ 先生《せんせい》になる ゆめも捨《す》てて――
ただ 自分《じぶん》の死《し》が 祖国日本《そこくにっぽん》を救《すく》うことに なるのだということばを 信《しん》じようと 努力《どりょく》しながら・・・・
大分《おおいた》～～ 大分《おおいた》～～

『紫電改のタカ』の最終頁

み伝えていた。

描いている女性だ。手に取って読んでみると、可愛らしい画風が、かえって戦争の悲惨をしみじ

漫画でも映画でも、戦争をテーマにした作品は、決して一筋縄ではいかない。『紫電改のタカ』が娯楽性を完全には排除できなかったのとは反対のベクトルで、『0戦はやと』は娯楽性を強く打ち出してはいたものの、戦争を肯定していたわけではなかったはずだと、現在の私は信じている。辻なおき氏の明るいタッチもあったろうし、アニメも合わせて、きっと、まさにあの戦争で傷ついた父親を持つ私たち子どもを励まそうとしてくれていたのに違いないと、そう思うのである。

一九七九年の二月。父を亡くして、それまでの阿呆な考えを少しずつ改め始めた私は、ややあって、再び池袋駅西口の空手道場に通うようになった。かりそめにも「いっそ戦争でも」などという発想を導く要因だったらしい閉塞感をどうにかするには、もちろん戦争そのものとは比較にならないにせよ、己の肉体を痛めつける必要があると考えたのがひとつ。もうひとつは、それで二年後には学生でなくなる以上、我ながら恥ずかしくてならなかった中学時代の不首尾の落とし前を今のうちにつけておかなくては、胸を張って社会人になる自信が持てそうもないと感じてしまったためである。

結果は、またしても中途半端だった。ハードな合宿で体を壊し、回復を待つ間もなく卒業の季

『あとかたの街』第４巻より　ⓒおざわゆき／講談社

節が来て、仕事が最優先の日々に入っていった。それでも初期の目的だけは果たすことができたことが、私にとってはその後の支えになってきた。

「今、なんかこう大ーきな渦があって、私たちはその縁にいる」……。

現代の「渦」は、戦記漫画ブームの頃とは位相を異にしている。将来に目的意識を持てない二十六歳の「ぼく」が、特攻で散った祖父の足跡を辿って戦友たちを訪ね歩いて熱い生き方に覚醒するというストーリーで大ベストセラーになり、映画化も漫画化もされた百田尚樹氏の『永遠のゼロ』のような小説も、恐ろしいほど巧妙だ。それでも——。

ちば氏は私にまで「頑張れ」と励ましてくれた。「渦」に呑み込まれてしまうことなく、新しい別の道を歩み出せるよう、力の限り書いていく。生きていこう。

ちばてつや氏（左）と著者

あとがき

本書は私にとって初めてのエッセイ集である。普段の著書とは違い、新たには特段の取材を試みず、主に自分自身の少年時代の思い出と内面を綴りながら、戦争体験もない私が、この国の社会の危機的状況を憂慮した発言を繰り返している背景というか、原風景のようなものを描出してみた。

端緒を作ってくれたのは、みすず書房編集部の川崎万里さんだ。本文中にも登場する高橋哲哉・東京大学教授との対談本『平和と平等をあきらめない』（晶文社、二〇〇四年）以来のつきあいの彼女に、「ガチガチの取材で固めたノンフィクションばかりではなく、もっと柔らかな、読者にしみじみ伝わるような文章も書いてほしい」と、強く勧められた。

川崎さんの鼓舞激励がなければ、このような本を出すことは、おそらく終生なかったに違いない。人並み程度の自己顕示欲は持ち合わせているし、必要に応じて体験談を書いたことはある。一年近く前に岩波ジュニア新書シリーズに入った『ジャーナリストという仕事』では、記者職を志望した経緯や社会人になって以降の仕事遍歴の一端をさらけ出しもしたけれど、こちらはジャーナリズムに関心のある、あるいはジャーナリストを志望している少年少女や若者に向けた入門書なので、本書とは趣旨が異なっていた。

波乱万丈でも何でもない、そこいらへんの男の昔話など、この忙しい現代社会で、いったい誰が読むというのだろう。世の中には酔狂な人がいないとも限らないにせよ、その読者たちに、私のエッセイを読んで有意義だったと感じてもらうことができるのか――。

流行りの「自分史」でもあるまいし、というのが、実はこの企画に対する最初の感想だった。にもかかわらず、結局は案外あっさり説得に応じた理由は、つまるところただ一つ。

今のうちに、とにもかくにも考えられ得るあらゆる手立てを尽くしたいと考えた。何事もやれる時にやっておかないと、いつか必ず後悔する。戦時中の治安維持法下にあっては、生活綴り方の作文教育まで〝アカ〟の烙印が押されて弾圧された。万が一にも私が恐れているような近未来が到来した場合、もはや言いたいことを言う自由さえ消え失せてしまうかもしれないではないか。

ならば書こう。これでもプロの物書きの端くれではある以上、自分と家族を中心にしたエッセイを単なる自分史に終わらせず、庶民史ないし民衆の記録たり得るものにできる可能性もある。そんなささやかな自信も、川崎さんはいつしか私の心に芽生えさせてくれた。

あくまでも私自身の体感と取材による限りにおいて、という条件付きでだが、一九七〇年代あたりまでの日本社会には、普遍的な意味での平和と平等を目指そうとする意志が、まだしも多くの人々に共有されていたような気がする。もちろん不十分も甚だしい。さまざまな差別がまかり通っていた。封建的な村社会の構造も、高度経済成長の主体となった企業社会に、形を変えて持ち込まれてもいた。

それでも――。

私は大人たちから、自律することの大切さを教えてもらった。二〇〇〇年代以降の日本社会でしばしば強調される、自己責任原則の同義語としての経済的「自立」ではない。自らを律する「自律」だ。

当時の大人たち自身がどこまで自律できていたのかどうかは知らない。ただ、漫画や新聞や雑誌やテレビなどの各種メディアの基調もその線だったし、現実にも個人の自律をできるだけ許容しようという社会通念が、少なくとも現在よりは息づいていた、ように思う。

いわゆる戦後民主主義などというものは、早くも「逆コース」が始まった時代には実質的な終わりを告げていた、とも言われる。とすれば私が少年時代に吸っていたと記憶している空気も、所詮はある種の共同幻想でしかなかったということになるのだけれど、だからって、どうした?

理想とはほど遠かったとしても、平和と平等への幻想を抱くことができたか、その程度のものさえ抱けないかの差は、とてつもなく大きい。現在はどうか。

嫌韓・嫌中のヘイト本や「日本はすごい！」の愛国ポルノが溢れる書店で、なおも平和と平等にこだわり続ける書物は浮いてしまいがちだ。出版の分野にとどまらない。教育現場の取材を続けていると、格差社会の進展と教育機会の関係を目の当たりにしている学校教諭たちの世界でも、職員室で「教育が格差を連鎖させる結果を招くような事態にしてはいけない」などと口走ろうものなら、周囲にせせら笑われる状況が、近年は常態化していると聞かされる。差別が、まるで〝正義〟みたいになっている。

どのみち権力の要諦は、「生かさず殺さず」以上でも以下でもない、だったら庶民の側は、「殺されず生かされず」に甘んじるしかないと割り切って、限りある人生を楽しもうという発想を全否定するのは難しい。

それにしても生かすか殺すかの線引きのレベル、ハードルが、いくら何でも下げられ過ぎている。

私たち民衆の側もよくない。不満を不満として行動や投票で表現しないで、かえって積極的に格差社会を受容したがる。どうせ敵わぬ相手ならと、おとなしく屈服し、服従して、操られるがままに働き、消費し、暮らさせていただくのが賢い大人の生き方だとでも言いたげな社会通念が、いつの間にか定着してしまっているのではあるまいか。

格差の拡大に伴う閉塞感や孤独に耐えられない者も現れなくはないものの、それで立ち上がろうとする人々はまだ少数派だ。多くは立ち上がらず、一部は猖獗を極めるネット空間に逃避しては、そこに広がる差別的な言説に染まって、あろうことか自らを苦しめている張本人たちの側に寄り添う態度を身に着け、立ち上がった人々に罵詈雑言を投げつける。

一寸の虫にも五分の魂があるのだ。魂まで一分か二分しかないことにされてはたまらない。これ以上奪われないためには、今までに失われたものが何なのかを個人一人ひとりが感じ取り、ではどうすれば取り戻すことができるのかを考え、行動に移していかなければならない時だと思う。

私は本書でそんなことを書きたかった。どこまで書けたか、あるいは書けなかったかは、読者一人ひとりに委ねたい。

なお本書を構成する全十三項のうち、「東京都豊島区立竹岡養護学園」「走るエイトマンとジャーナリストへの憧れ」「戦後・自営業者共同体の街で出会った〝知〟」「酒と煙草と大人の世界」「池袋の夜・魔物と暴走の時間」「みんなが手と手を合わせれば」「母の信心」「スパイラルの縁で――『紫電改のタカ』と二十五年ぶりのちばてつや氏」はみすず書房のPR誌『みすず』の二〇一五年七月号から一六年八月号にかけて不定期連載した原稿、「自分にとって一番たいせつなもの」は教育雑誌『月刊クレスコ』（大月書店）二〇一一年二月号に寄せた原稿に、それぞれ加筆・訂正を施したものである。それらの合間に挿入した「いのちは言葉から壊れる」「非効率分野に「選択と集中」のシナリオ」『私たちが拓く日本の未来』の主権者」「最後には覚悟、そして運」の各項は新たに書き下ろした。

書き下ろした四本は時事評論に近く、他のエッセイとはかなり雰囲気が違うはずだ。そのような文体と構成を選んだ理由は、全編が著者自身のエピソードでは「自分史」のイメージを拭い切れないと思ったのと、本書を後世の評価を待たずに庶民史・民衆史として位置づけるためには、私の現状認識を明確にしておく必要があると考えたのと、二つある。

川崎万里さん、おそらくは異例であったろう企画を承認してくれたみすず書房の方々、素敵なカバー絵を描いてくださった石井聖岳さん、また校正や装丁、デザイン、印刷、製本、広告、販売など、本書の刊行に関わるすべての方々と、読者に深く感謝したい。ありがとうございました。

二〇一六年十月

斎藤　貴男

著者略歴

（さいとう・たかお）

1958年東京生まれ．早稲田大学商学部卒，英国バーミンガム大学大学院修了（国際学ＭＡ）．新聞・雑誌記者をへてフリージャーナリスト．著書に『機会不平等』『民意のつくられかた』（岩波現代文庫）『安心のファシズム――支配されたがる人びと』『ルポ　改憲潮流』（岩波新書）『空疎な小皇帝――「石原慎太郎」という問題』（岩波書店）『ジャーナリストという仕事』（岩波ジュニア新書）『「あしたのジョー」と梶原一騎の奇跡』（朝日文庫，『夕やけを見ていた男――評伝梶原一騎』の新版として2016年12月刊行予定）『戦争のできる国へ――安倍政権の正体』（朝日新書）『消費税のカラクリ』（講談社現代新書）『「東京電力」研究――排除の系譜』（角川文庫，第3回「いける本大賞」受賞）『子宮頸がんワクチン事件』『「マイナンバー」が日本を壊す』（集英社インターナショナル），『ゲンダイ・ニッポンの真相』（同時代社）他多数．

斎藤貴男

失われたもの

2016年11月15日　印刷
2016年11月25日　発行

発行所 株式会社 みすず書房
〒113-0033 東京都文京区本郷5丁目32-21
電話 03-3814-0131(営業) 03-3815-9181(編集)
http://www.msz.co.jp

本文組版 キャップス
本文印刷・製本所 中央精版印刷
扉・表紙・カバー印刷所 リヒトプランニング

Printed in Japan
ISBN 978-4-622-08542-3
[うしなわれたもの]

JASRAC　出 161031011-01